自在诗佛王维

行到水穷处
坐看云起时

陈建红·著

北方文艺出版社
·哈尔滨·

图书在版编目（CIP）数据

自在诗佛王维：行到水穷处，坐看云起时 / 陈建红著. -- 哈尔滨：北方文艺出版社，2024.9. -- ISBN 978-7-5317-6414-4

Ⅰ. I207.227.42

中国国家版本馆 CIP 数据核字第 2024Q2T483 号

自在诗佛王维：行到水穷处，坐看云起时
ZIZAI SHIFO WANGWEI XINGDAO SHUIQIONGCHU ZUOKAN YUNQISHI

作　　者 / 陈建红	
责任编辑 / 宋雪微	装帧设计 / 尚书堂

出版发行 / 北方文艺出版社	邮　　编 / 150008
发行电话 / （0451）86825533	经　　销 / 新华书店
地　　址 / 哈尔滨市南岗区宣庆小区 1 号楼	网　　址 / www.bfwy.com

印　　刷 / 北京亚吉飞数码科技有限公司	开　　本 / 710mm×1000mm 1/16
字　　数 / 150 千	印　　张 / 14.25
版　　次 / 2024 年 9 月第 1 版	印　　次 / 2024 年 9 月第 1 次印刷
书　　号 / ISBN 978-7-5317-6414-4	定　　价 / 56.00 元

前言

在辉煌灿烂的大唐盛世,他像一缕清风,优雅地游走于紫陌红尘间。他曾是风度翩翩、才冠一时的贵公子,在经历人生种种变故后,最终蜕变为豁达从容、处事不惊的一代"诗佛",他便是王维。

王维幼年丧父,早早地体会到人世间的艰辛与不易;中年丧妻,永失挚爱,令他愈发懂得人生难得圆满的至理;晚年持斋奉佛,身无牵挂的他逐步摒弃尘累,将一颗心修炼得越发圆融澄明。

"新丰美酒斗十千,咸阳游侠多少年。"当王维还是一个少年时,他以惊艳绝伦的诗才在长安繁华场里闯下一片天地,成为京城贵胄的座上宾,随后如愿步入仕途,一时春风得意,锋芒毕露。

"中岁颇好道,晚家南山陲。兴来每独往,胜事空自知。"中年时,王维始终游离于政治中心之外,半官半隐,一心向佛。"世事浮云何足问?"不妨"行到水穷处,坐看云起时"。

"晚年唯好静,万事不关心。自顾无长策,空知返旧林。"在

I

人生最后的旅程中，王维彻底归隐山林，功名利禄、庙堂江湖于此时的他而言都已成过眼云烟。他以禅心修禅趣，不理红尘事，只以诗、画记录人间四季，静观空林烟火，享受阳光雨露。

　　王维一生几经波折，大起大落，历尽千帆后，归来仍是当初那个怀有赤子之心的少年。自然万物在他的笔下充满灵动之美，野趣四溢，又带有一股静谧的力量。无论是"雨中山果落，灯下草虫鸣"之声，还是"明月松间照，清泉石上流"之景，都天工巧合，意趣盎然；无论是"斜阳照墟落，穷巷牛羊归""夕雨红榴拆，新秋绿芋肥"的田园之乐，还是"倚杖柴门外，临风听暮蝉""坐看苍苔色，欲上人衣来"的闲适生活，都让人们向往不已。这些诗句字字珠玑、句句含禅，读之沁人心脾，难怪苏轼赞王维"诗中有画，画中有诗"。

王维用一生的经历告诉我们，过滤欲望、心无挂碍才能活得安然闲适，宁静淡泊方能领悟人生真谛。读王维的诗，我们亦能领略其对生命的独特思考：去日不可追，未来犹可期，如果遗憾是人生的常态，那么唯有知足、自洽才能获得自愈的力量。

　　王维的诗歌如同山间幽风、林中清泉，引导着后人在喧嚣复杂的尘世中寻得一块心灵净土。无论是少年时意气风发、誉满长安的翩翩公子，还是老年时偏居一隅、温润淡然的摩诘居士，都让人们怀念至今。

作　者

2024 年 4 月

目 录

第一章 少年行·雄姿英发闯长安

河东王氏，喜迎贵子 … 003

背井离乡，赶赴长安 … 007

重阳佳节，异乡思亲 … 013

少年诗人，才动京城 … 019

第二章 登高峰·相逢意气为君饮

登第解褐，一圆入仕之梦 … 029

众星拱月，游历诸贵之间 … 035

青梅竹马，缔结美好姻缘 … 043

第二章 风波起·世事浮云何足问

祸起"黄狮子舞"	051
被贬出京，以诗纪行	053
济州任上，悠然自洽	061
而立之年，痛失爱妻	071
漫游人间，心境澄明	077
王孟唱和，惺惺相惜	083

第四章 复出仕·衣冠不改鸿鹄志

隐居嵩山，出仕之心渐浓	091
投诗干谒，获名相赏识	093
任右拾遗，身在上流	097
为好友鸣不平	103
举世无相识，终身思旧恩	109

第五章 进退间·心系山野身在朝

出使塞外，铸雄浑诗风	117
二使岭南，悟南宗禅理	125
隐居终南，宠辱不惊，自得其乐	131
畅游辋川，弹琴赋诗，啸咏终日	137
作应制诗，心系山野身在朝	145
山水诗才，誉满天下	153

第六章 离别苦·西出阳关无故人

居母丧，柴毁骨立	159
别离苦，长望泪沾襟	165
遭逢国难，被俘入狱	173
身陷敌营，人生至暗	175
自剖心迹，一诗救一命	177

第七章 入禅定·一山一水一人间

晚年唯好静，万事不关心	185
早朝唱和，铸就诗坛美谈	191
相交而忘年	197
禅意人生：诗中有画，画中有诗	203
忍别青山去，一代"诗佛"惜别人间	209

参考文献　217

第一章 少年行·雄姿英发闯长安

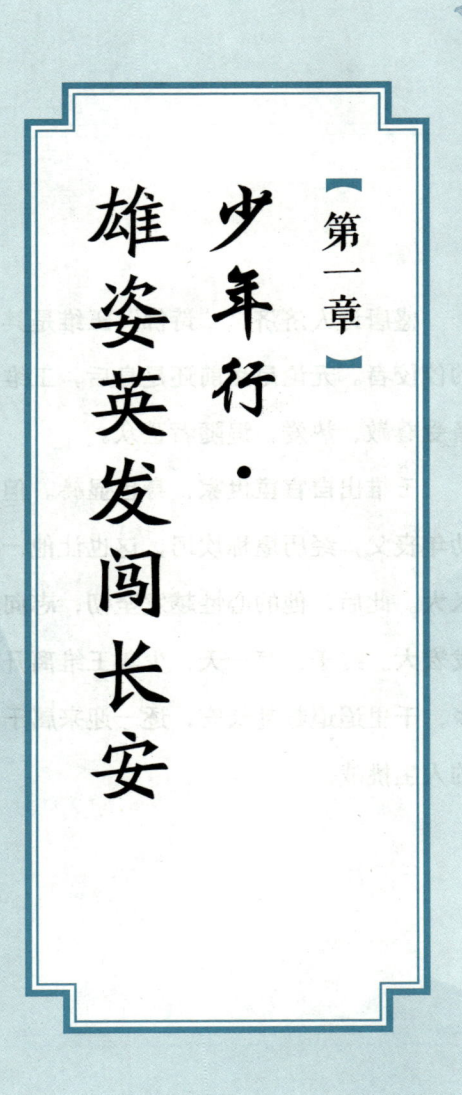

盛唐诗人济济,"诗佛"王维是其中的佼佼者。无论是生前还是身后,王维都备受尊敬、热爱,追随者甚众。

王维出自官宦世家,身世显赫。但其幼年丧父,经历堪称坎坷,这也让他一夜长大。此后,他的心性越发坚韧,志向越发宏大。终于,有一天,少年王维离开家乡,千里迢迢赶赴长安,逐一迎来属于他的人生挑战。

河东王氏，喜迎贵子

王维，字摩诘，号摩诘居士，他是盛唐开宗立派的一代诗人，也是中国历史上鼎鼎有名的艺术天才。

王维的人生，从河东开启。有关其家世背景，史料记载甚少，《旧唐书》中只有寥寥几笔："太原祁人……徙家于蒲，遂为河东人。"蒲，指的是蒲州（今山西永济一带），天宝元年（742年），蒲州改名为河东郡，所以王维家族从太原祁县（今山西晋中祁县）搬到蒲州后，便成了河东人。

《新唐书·宰相世系表·河东王氏》中列出了王维四代祖宗世系及官职：高祖王儒贤，官至赵州司马；曾祖王知节，官至扬州司马；祖父王胄，官至协律郎；其父王处廉，官至汾州司马。

可见，王维出生于官宦世家。而且，根据《新唐书·宰相世系表》

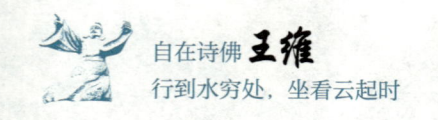

中的记载，"河东王氏"是历史上赫赫有名的世家大族"太原王氏"的一个分支。另外，王维的母亲出自五姓贵族之首博陵崔氏，综合来看，王维的身世堪称显贵。后世有学者认为，在盛唐诗人中，属王维家世最高，身份最尊贵。

王维是王家长子，他呱呱坠地时嘹亮的啼哭声带给王家巨大的喜悦。很长一段时间里，王处廉和崔氏沉浸在幸福的余韵里。在诞下王维后，王处廉和崔氏又相继迎来四个儿子和两个女儿。

王维的弟弟们分别是王缙、王繟、王纮、王纮。其中，他和二弟王缙关系极好。在成长的过程中，王维、王缙几兄弟谨遵父母的教诲，日夜苦读，奋发向上，为日后实现仕途理想打下了坚实基础。

然而，大约在王维九岁的时候，王维的父亲王处廉暴病而卒，这带给王家灾难性的打击。面对悲伤的母亲、无助的弟妹，身为长子的王维深感肩上负担的沉重。几乎是在一夜之间，这个原本稚嫩的孩童心性成熟、坚定了很多，对于世事无常有了更深的理解。

往后的日子里，他一边帮助母亲操持家事，一边勤奋地读书，渴望有一天能和父亲一般，通过科考出人头地，撑起这个摇摇欲坠的家，并在官场上成就一番事业。

时光荏苒，日月如梭，几年时间一晃而过，王维终于长成一个英姿飒爽的少年。此时的他，踌躇满志，意气风发，希望能在精英云集的长安城里赢得属于自己的一片天地。

第一章
少年行·雄姿英发闯长安

王维雕像

背井离乡，赶赴长安

唐玄宗开元三年（715年），少年王维辞别家人，风尘仆仆地赶往长安。这一去，便与长安结下了不解之缘。

过始皇墓，怀古叹今

在赶赴长安的路途中，王维时而回想起母亲崔氏以往对他的谆谆教诲，时而情不自禁地想象起未来在长安的生活，心潮起伏不定。

前往长安需经潼关、骊山（今陕西西安临潼区城南），在经过骊山秦始皇墓时，王维不由停下脚步，在清凉的山风中环顾四周，只见

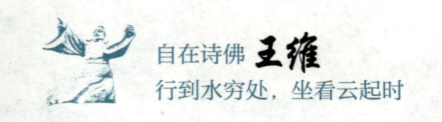

此处已变成一座寂静苍岭。听着风声和远处传来的松涛声，少年王维想象着秦始皇陵初建时威严、壮丽、雄阔的模样以及地宫的奢华场景，不由得百感交集，作下《过始皇墓》一诗怀古叹今。

经过骊山后，长安便近在咫尺，王维马不停蹄地向前奔去……

初入长安，兴奋不已

唐玄宗开元年间的长安城规模宏大，雄伟壮丽，是首屈一指的大都城。对于当时的文人而言，长安城是实现修身齐家治国平天下理想的圣地，因此文人们来到长安城，总怀着朝圣的心情。王维亦不例外，当他第一次踏上长安城的土地时，只觉得眼前的一切都如此新鲜、有趣，令他目不暇接，既紧张又兴奋。

长安城里的街市严整宽大，与家乡截然不同，街道两旁店铺林立，旗幡招展，街道上游人如织，熙熙攘攘，一派繁华热闹的景象，远处的宫阙气势磅礴、壮美非凡，这是少年王维对长安城的第一印象。

后据学者考证，王维的《登楼歌》一诗所描述的极可能就是他初入长安时所见到的景象：

聊上君兮高楼，飞甍鳞次兮在下。

俯十二兮通衢，绿槐参差兮车马。

第一章

少年行·雄姿英发闯长安

却瞻兮龙首,前眺兮宜春。

王畿郁兮千里,山河壮兮咸秦。

壮丽的长安城里涌动着蓬勃的生命力,少年王维登楼远眺,目之所及,处处都是繁华盛景。他心中热血沸腾,盼着能在这方天地里一展抱负,一偿夙愿!

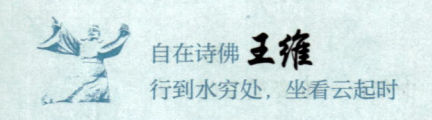

自在诗佛 **王维**
行到水穷处，坐看云起时

诗歌欣赏

过始皇墓

王维

古墓成苍岭，幽宫象紫台。

星辰七曜隔，河汉九泉开。

有海人宁渡，无春雁不回。

更闻松韵切，疑是大夫哀。

赏析

　　《过始皇墓》是一首五言律诗，据说是王维十五岁时经骊山前往长安途中创作的，是王维早年的代表诗作之一。

　　诗的开篇描写了秦始皇墓如今的模样：高大雄伟的古墓已经和苍岭融为一体，墓下藏着一座巨大的地下宫殿。

　　三至六句是诗人的想象：地宫里涌动着水银制成的江海，地宫上方高悬着明珠制成的日月星辰，角落里放置着黄金制成的大雁。诗人感叹道，地宫里虽无比奢华，却毫无生机。这些奢华之物被埋葬在黑暗、冰冷的地下，或许再无出头之日。

　　最后两句描写诗人听到松树被风吹得簌

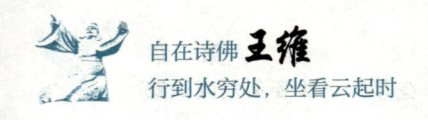

簌作响的声音，感叹这恐怕是当年被秦始皇封为"五大夫"的泰山古松的哀悼之声。

该诗用语精练、含蓄，内涵深厚，发人深思，是一首不可多得的杰作。

重阳佳节,异乡思亲

　　转眼间,王维已在长安待了一段时日。长安城固然繁华、热闹,但每当夜深人静时,秉烛夜读的王维看到映照在墙上的孤影时,脑海里便浮现出往日在家中亲人陪伴身边、与弟弟们一起读书的日子,失落的情绪顿时弥漫开来。

　　这种孤独、落寞的心情每到节日来临时便更加明显。开元五年(717年)的九月初九,王维一早便心情低落,这一天他格外思念家乡、亲人。

　　只因这一天是重阳节。往年这个时候,他总会和亲人们一起祭祖扫墓、登高秋游、佩戴茱萸,有时候还会聚在一起赏菊、品菊花酒、吃重阳糕。如今,他独自一人身处异乡,想去登高望远却又提不起兴致。那种漂泊无依之感始终憋闷在心里,压得他几乎喘不过气来。

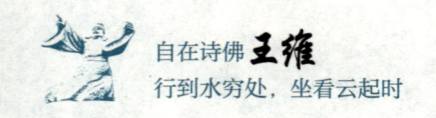

为了排遣愁绪，抒发对亲人的思念之情，王维挥毫泼墨，作下一首意境隽永的《九月九日忆山东兄弟》。这首诗不仅在长安城里传诵一时，令少年王维诗名大盛，日后更是被封为"思乡神作"而传诵千古，至今仍为人们所津津乐道。

诗歌欣赏

九月九日忆山东兄弟

王维

独在异乡为异客,每逢佳节倍思亲。

遥知兄弟登高处,遍插茱萸少一人。

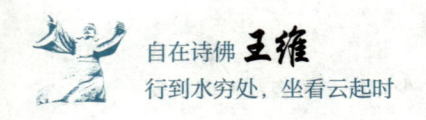

自在诗佛 **王维**
行到水穷处，坐看云起时

赏析

　　这首诗据说是王维十七岁时的作品，当时的王维独处异乡，在重阳节来临时格外思念家乡、亲人，于是作此诗寄托思乡之情。

　　诗的前两句直接点出此诗的创作背景——身为"异客"的诗人，在重阳佳节来临时越发思念家乡的亲人。第一句的两个"异"字突出了诗人此刻孤独、落寞的心情，第二句的"倍"字将诗人强烈的思乡情阐发得淋漓尽致。

　　三、四句诗人展开幻想，想象着在遥远的家乡，此刻兄弟们大概正在登高望远，共赏秋景。往年，诗人和亲人一起过重阳节时，总会按照当地的风俗将香味浓烈的茱萸

第一章
少年行·雄姿英发闯长安

佩戴在身上，以避灾克邪。可今年他只能在远方遥望家乡，失落之余，转念想到，家乡的亲人在佩戴茱萸时也会遗憾此刻身边少了一个人吧。如此曲折、含蓄之语反而更显得诗人与家人之间情深意切。

这首诗用语朴素、流畅，情感真挚，感人至深，其中"每逢佳节倍思亲"一句被奉为经典，流传千古。

少年诗人，才动京城

　　王维离开熟悉的家乡，前往京城长安是为了能一展仕途抱负。他渴望能早日融入长安，开启仕进之旅。

　　凭借杰出的诗才和非凡的创作天赋，王维很快便在长安站稳了脚跟。

　　初入长安时，王维创作欲旺盛，写就不少诗作。其中多首诗获得诗坛名家的欣赏，在京城传诵一时，为当时略显沉闷的诗坛带来勃勃生机。比如，作于开元六年（718年）的《洛阳女儿行》，用语精准、简练，层层递进，极富韵律美，读来令人拍案叫绝。清初文人宋徵璧曾赞叹道："何大复惜王摩诘七言古未为深造，然《洛阳女儿行》一首，殊是当家。"

　　《哭祖六自虚》同样作于开元六年（718年），是诗人为了纪念英

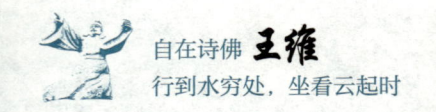

年早逝的朋友祖自虚而作。此诗用典繁多，字里行间透露出深切的情谊，感人至深：

> 否极尝闻泰，嗟君独不然。悯凶才稚齿，嬴疾主中年。
> 余力文章秀，生知礼乐全。翰留天帐览，词入帝宫传。
> 国讶终军少，人知贾谊贤。公卿尽虚左，朋识共推先。
> 不恨依穷辙，终期济巨川。才雄望羔雁，寿促背貂蝉。
> 福善闻前录，歼良昧上玄。何辜铩鸾翮，底事碎龙泉。
> 鹏起长沙赋，麟终曲阜编。域中君道广，海内我情偏。
> 乍失疑犹见，沉思悟绝缘。生前不忍别，死后向谁宣。
> 为此情难尽，弥令忆更缠。本家清渭曲，归葬旧茔边。

作于开元七年（719年）的《李陵咏》一诗以汉代将领李陵为刻画对象，通篇语言朴素流畅，情感深沉激越，令一个百折不挠、英勇奋战的"汉家将军"形象跃然纸上：

> 汉家李将军，三代将门子。
> 结发有奇策，少年成壮士。
> 长驱塞上儿，深入单于垒。
> 旌旗列相向，箫鼓悲何已。
> 日暮沙漠陲，战声烟尘里。
> 将令骄虏灭，岂独名王侍。
> 既失大军援，遂婴穹庐耻。

第一章
少年行·雄姿英发闯长安

> 少小蒙汉恩，何堪坐思此。
> 深衷欲有报，投躯未能死。
> 引领望子卿，非君谁相理。

作于开元七年（719 年）的《桃源行》一诗同样是一首不可多得的杰作。这首诗通篇用笔从容舒健，意境开阔淡远，诗中用"渔舟""桃花""古津""青溪""闾巷""鸡犬"等要素勾勒出一幅充满自然野趣的山水田园生活图，令人心生向往之情：

> 渔舟逐水爱山春，两岸桃花夹古津。
> 坐看红树不知远，行尽青溪不见人。
> 山口潜行始隈隩，山开旷望旋平陆。
> 遥看一处攒云树，近入千家散花竹。
> 樵客初传汉姓名，居人未改秦衣服。
> 居人共住武陵源，还从物外起田园。
> 月明松下房栊静，日出云中鸡犬喧。
> 惊闻俗客争来集，竞引还家问都邑。
> 平明闾巷扫花开，薄暮渔樵乘水入。
> 初因避地去人间，及至成仙遂不还。
> 峡里谁知有人事，世中遥望空云山。
> 不疑灵境难闻见，尘心未尽思乡县。
> 出洞无论隔山水，辞家终拟长游衍。
> 自谓经过旧不迷，安知峰壑今来变。

> 当时只记入山深,青溪几度到云林。
> 春来遍是桃花水,不辨仙源何处寻。

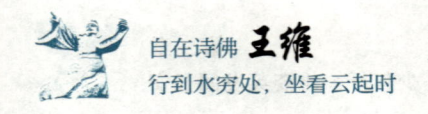

除此外,王维这一时期的诗歌代表作还有《题友人云母障子》《赋得清如玉壶冰》等,这些优秀诗篇在长安城里流传甚广。一时间,王维少年诗人的名号传遍诗坛,他所展露出的令常人难以企及的禀赋才情获得诸多王公贵族、诗坛大家的欣赏与青睐。

第一章
少年行·雄姿英发闯长安

诗歌欣赏

洛阳女儿行

王维

洛阳女儿对门居,才可颜容十五余。

良人玉勒乘骢马,侍女金盘脍鲤鱼。

画阁朱楼尽相望,红桃绿柳垂檐向。

罗帷送上七香车,宝扇迎归九华帐。

狂夫富贵在青春,意气骄奢剧季伦。

自怜碧玉亲教舞,不惜珊瑚持与人。

春窗曙灭九微火,九微片片飞花琐。

戏罢曾无理曲时,妆成只是熏香坐。

城中相识尽繁华,日夜经过赵李家。

谁怜越女颜如玉,贫贱江头自浣纱。

赏析

这首《洛阳女儿行》作于开元六年（718年），当时的王维年不过二十，凭借着过人的诗才在长安城站稳了脚跟。

诗的前两句描述了一位"洛阳女儿"的形象，青春年少的她容颜美丽动人。

从第三句至第十八句用语华丽，极尽铺陈，描述了"洛阳女儿"嫁给身份显赫的"良人"后的富贵生活：她的丈夫骑着骏马，穿街过巷，她的侍女手执金盘，盘子里盛着味道鲜美的鲤鱼；她住在雕梁画栋、周围风景如画的朱楼里，平日出门所坐的车是昂贵的七香车；她的丈夫将名贵的珊瑚随意赠予他人，她自己则每日无所事事，成日里嬉

闹、游玩。通过这些生动、细致的描写，读者眼前仿佛出现了一个衣饰华丽、言行骄纵的"洛阳女儿"形象。

诗的最后两句用语"简淡"，描绘出越国女子西施在江头浣纱的清贫生活场景，与前文形成鲜明的对比。全诗至此戛然而止，言有尽而意无穷。

这首诗将"洛阳女儿"铺张豪奢的生活场景与越女西施的清贫生活场景放在一起对比，字里行间流露出诗人对权贵们骄奢淫逸生活的讽刺，对出身寒微、命途多舛者的同情。全诗情感复杂，意蕴深远，在王维前期诗作中占据着独特的地位。

第二章 登高峰·相逢意气为君饮

文人入仕，科举是重要的途径。王维少年成名，自然希望在科举考试中金榜题名。幸运的是，王维如愿进士及第，拜太乐丞。顺利入仕的王维很快迎娶了青梅竹马的崔氏，官场、情场两得意，一时风光无限。

登第解褐，一圆入仕之梦

开元六年（718年），王维因好友祖自虚病故而离开长安。为好友送葬之后，王维又回到家乡看望家人。数日后，王维辞别家人，带着弟弟王缙再去长安，这一去，只为入仕。

王维在长安积极准备科举考试，闲余时间，也会与好友畅谈，讨论彼此最近的诗作。

很快，京兆府试如期举行。在此次考试中，王维凭借自己的诗文才学，厚积薄发，以一首《赋得清如玉壶冰》在一众考生中拔得头筹：

玉壶何用好，偏许素冰居。

未共销丹日，还同照绮疏。

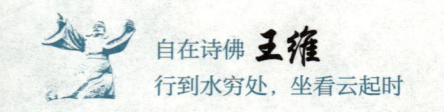

抱明中不隐，含净外疑虚。

气似庭霜积，光言砌月余。

晓凌飞鹊镜，宵映聚萤书。

若向夫君比，清心尚不如。

顺利通过京兆府试之后，王维获得了参加吏部进士考试的资格，对于接下来的进士试，王维信心十足。

当时唐朝文人入仕，主要是走科举选拔之路，这条路尤其适合寒门子弟，寒门子弟往往苦读多年才能拼出及第做官的资格。除了科举，结交权贵，向权贵呈递"行卷"（写有诗作的卷轴）以请求权贵举荐，也是一条重要的入仕之路，很多文人以此入仕。

王维非常重视自己的进士考试，他两手准备，一边认真读书，一边尝试结识权贵以获得举荐。

开元九年（721年），王维进士及第，状元登科，弟弟王缙也榜上有名，可谓双喜临门。

早在少年时，王维便期盼着能一展宏图，为国效力，他意气风发，满腔报国热情，作《少年行》表达了自己的理想和抱负：

其一

新丰美酒斗十千，咸阳游侠多少年。

相逢意气为君饮，系马高楼垂柳边。

第二章
登高峰·相逢意气为君饮

其二

出身仕汉羽林郎,初随骠骑战渔阳。

孰知不向边庭苦,纵死犹闻侠骨香。

其三

一身能擘两雕弧,虏骑千重只似无。

偏坐金鞍调白羽,纷纷射杀五单于。

可见,曾经的王维恰如鲜衣怒马的少年游侠,心中充满豪情壮志,渴望能为民伸张正义,为国杀敌擒贼,纵然战死沙场,也能留下侠骨芬芳身后名。如此书生意气和报国之心,恐怕也只有少年得志如王维,才能拥有。

如愿及第,二十一岁时,王维圆满地实现自己少年时的愿望。

王维对自己的未来充满信心。进士及第后不久,王维被授予太乐丞。太乐丞,掌乐之官,从八品下,隶属太常寺下的太乐署,负责朝廷礼乐之事。这一官职对于喜爱诗文、善弄乐器的王维来说,倒也是一个不错的职位。

自在诗佛 **王维**
行到水穷处，坐看云起时

诗歌欣赏

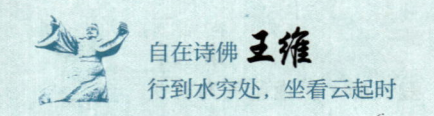

少年行（其四）

王维

汉家君臣欢宴终，高议云台论战功。

天子临轩赐侯印，将军佩出明光宫。

赏析

全诗共有四首，这首诗是其中的第四首，作于王维进士及第后不久。

王维早期喜欢写游侠诗与边塞诗，这首诗正好集合了游侠与边塞两种元素。整首诗洋溢着少年英气与热血豪情，将王维当时春风得意、一心热血报国的心境展现得淋漓尽致。

《少年行》组诗的前三首是本诗的"前情铺垫"。前三首描述了一位少年游侠于京城与好友豪饮作别，后报国从军走向战场，少年丝毫不畏惧边关艰苦、战场凶险，他骑射俱佳，屡立战功。如今得胜归来，一身荣光，令人敬佩。该诗描写的是少年英雄凯旋

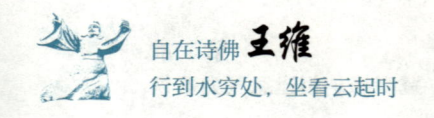

归来后的情景。

首二句写庆功场景。君王和大臣们为少年英雄举办了盛大的庆功宴，大家坐在高高的云台上谈论少年英雄的赫赫战功。

末二句写天子恩赐。天子亲自赐予少年列侯印，少年将军佩戴着列侯印昂首阔步走出宫殿，何等荣光。

这首诗是王维一心报国、想要有一番作为的心理写照。该诗给了少年英雄一个美好的结局，这何尝不是王维对自己未来仕途的畅想呢？

众星拱月，游历诸贵之间

　　早在王维赴京赶考之时，其友人就劝其不能坐等吏部进士试，还应多结识权贵，如能获得举荐，则及第更为稳妥。王维虽对自己的才学有信心，但也不敢掉以轻心，深知还须做好万全准备。

　　在当时的唐朝，文人"行卷"之风盛行，而王维早以诗文才动京城，京城权贵都乐于结识这样一位少年才子。

　　初到长安时，王维就凭借优秀的诗文和音乐才华获得了岐王的赏识。举子及第后，岐王更是将王维奉为座上宾，每每有宴饮，一定少不了邀请王维。

　　岐王李范，是唐玄宗李隆基的弟弟，彼时是京城中喜欢结交名士的王爷。《旧唐书》中称岐王"范好学工书，爱儒士，无贵贱为尽礼"，因此备受文人尊崇，岐王与那些在诗文、音律、绘画等方面有

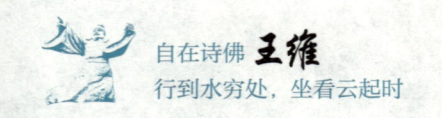

真才实学的人关系亲厚，乐于为举荐这些名士助力，可以说岐王是当时许多文人入仕的贵人。

王维参加京兆府试前，岐王有心举荐王维，便十分用心地为王维设计了一次巧妙的"偶遇"，"偶遇"的对象则是备受唐玄宗李隆基宠爱的胞妹玉真公主。玉真公主与岐王一样，也喜欢琴棋书画，喜结文人雅士，而且非常热衷于举荐有才之士。岐王用心安排这次"偶遇"的意图正是向玉真公主引荐王维，并希望玉真公主能进一步举荐王维，为王维入仕铺路。

关于岐王向玉真公主引荐王维之事，唐人薛用弱在《集异记》中有详细记载：

王维右丞，年未弱冠，文章得名。性闲音律，妙能琵琶，游历诸贵之间，尤为岐王之所眷重……维方将应举，具其事言于岐王，仍求庇借……岐王则出锦绣衣服，鲜华奇异，遣维衣之，仍令贲琵琶，同至公主之第……维妙年洁白，风姿都美，立于前行。公主顾之，谓岐王曰："斯何人哉？"答曰："知音者也。"即令独奏新曲，声调哀切，满座动容。公主自询曰："此曲何名？"维起曰："号《郁轮袍》。"公主大奇之。岐王曰："此生非止音律，至于词学，无出其右。"公主尤异之，则曰："子有所为文乎？"维即出献怀中诗卷。公主览读，惊骇曰："皆我素所诵习者。常谓古人佳作，乃子之为乎？"因令更衣，升之客右。维风流蕴藉，语言谐戏，大为诸贵之所钦瞩……公主则召试官至第，遣宫婢传教。维遂作解头，而一举登第矣。

第二章
登高峰·相逢意气为君饮

可见，岐王为了举荐王维，着实是花了一番心思的。岐王先是为王维提供华美服饰，带王维出席宴请玉真公主的场合，再巧妙地安排王维在宴上弹奏琵琶献艺。王维的弦声和曲调美妙动听，玉真公主果然十分感兴趣。随后，岐王趁机向玉真公主介绍王维，称赞其不仅善音律，更善诗文，玉真公主听后大喜，当得知近日京城里盛传的佳作皆出自王维之手时，对王维更是欣赏不已。这时，岐王再适时地提出请玉真公主引荐王维的建议，一套既定流程下来，推杯换盏间，玉真公主答应举荐王维。

王维善诗文、精通音律，且君子温如玉，顺利赢得岐王的赏识和玉真公主的青睐，一时间成为京城权贵争相结识的雅士。

王维京兆府试后，解头及第。有人盛赞王维学识，也有人认为王维靠举荐才得以高中。面对他人的质疑，王维也不正面辩解，而是作《李陵咏》以明志，他以西汉名将李陵自喻，隐喻自己正如李陵将军一样，蒙受冤屈、被人误解。

开元八年（720年），王维参加吏部试落第后，留在长安，一方面为来年的进士试做准备，另一方面游历山水、结识权贵，以增长见闻、积攒美名。

炎炎夏日，王维与岐王同游九成宫避暑。九成宫隐于青翠树木之中，云雾缭绕、绿树成荫、山泉叮咚，周围环境清幽，王维作诗《敕借岐王九成宫避暑应教》赞誉岐王，也赞誉这人间仙境：

帝子远辞丹凤阙，天书遥借翠微宫。

隔窗云雾生衣上，卷幔山泉入镜中。

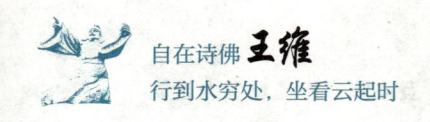

> 林下水声喧语笑，岩间树色隐房栊。
> 仙家未必能胜此，何事吹笙向碧空。

闲暇时间，王维到宁王（唐玄宗的哥哥李宪）府赴宴。有一次，宁王向大家介绍自己一位貌美的小妾，并将小妾的原配丈夫邀至府上，小妾与原配丈夫相见，泪眼婆娑。见此情景，王维写下《息夫人》一诗，相传，宁王读了王维的诗后百感交集，将小妾送还给了她的原配丈夫。王维的这首诗借助春秋时期息夫人被强掳做楚夫人的典故，缓缓道出一位女子的愁苦与深情：

> 莫以今时宠，难忘旧日恩。
> 看花满眼泪，不共楚王言。

待到王维再参加进士试，状元及第，名气更是享誉京城。这位琴、诗、画诸方面样样精通的翩翩少年，更加成为京城诸贵的座上宾。

诗歌欣赏

从岐王过杨氏别业应教

王维

杨子谈经所,淮王载酒过。

兴阑啼鸟换,坐久落花多。

径转回银烛,林开散玉珂。

严城时未启,前路拥笙歌。

赏析

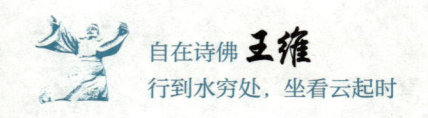

此诗作于王维吏部试落第后在长安游历期间，这时的王维备受岐王赏识，凡有宴饮、出游，岐王必邀约王维。

这首诗是一首纪游诗，重点写游乐场景，兼有对岐王和宴会主人杨氏的歌颂。

首二句交代背景。以杨子代指杨氏，淮王代指岐王。岐王带着美酒到杨氏的别院赴宴，言简意赅地点出了人物和事件。

次二句写欢饮场景。众人相聚，相谈甚欢，不知过了多长时间，院中的鸟儿已经换了种类，周围的地面上已经落了许多花瓣。

再二句写游园赏景。众人欢饮过后游园，穿梭于蜿蜒曲折的林中小径，林外烛光

闪烁，走到林外时，眼前豁然开朗，众人分散而去，各自寻觅、观赏美景。

末二句写余兴未了。众人一直从晚上欢庆到凌晨，回城时，城门尚未开启，众人笙歌相伴，继续狂欢。

该诗描写了一场欢饮达旦、彻夜狂欢的游宴。全诗并未直接写景，而是从宾客们游玩得忘记了时间、余兴未了，侧面体现景色惹人流连，角度新颖，心思别致。

青梅竹马，缔结美好姻缘

　　王维进士及第后，授太乐丞。得了官职后的王维并没有沉浸在欢庆中，也没有继续游历于诸贵之间，而是迫切地想要回到家乡去，将及第、授官的消息分享给一个重要的人——崔小妹。

　　崔小妹是王维青梅竹马的远房表妹，比王维小三岁。崔小妹自幼喜读诗书，善琴棋书画，性格随和温柔，相貌端庄秀丽，是一位才貌双全的佳人。

　　相传，王维在元宵佳节的灯会上与崔小妹偶遇，当时二人均十余岁，懵懂少年与清纯少女一见钟情，细问家门竟是远房表亲。郎才女貌、门当户对，很快，在双方家长的撮合下，二人定下婚约，待王维取得功名后就择期完婚。

　　王维在京城结交了诸多权贵，不仅深得玉真公主的赏识，许多王

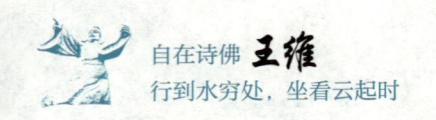

公贵族也都希望与这位少年才子缔结姻亲。但王维并不为此心动，因为他已心有所属，心中再也容纳不下第二个人了。

王维荣归故里，与崔小妹喜结连理。金榜题名、洞房花烛，人生大喜，实在畅快。

婚后，王维与崔小妹在家乡短住了一段时间，二人每日品读诗文、赏花游玩，新婚燕尔，如胶似漆，十分甜蜜。

随后，王维携崔小妹到京城赴任。在繁华的京城中，王维忙于朝廷礼乐事务，崔小妹在家打理家务，二人相敬如宾，兴趣一致，也不必为衣食住行等生计问题困扰，和喜欢的人在一起做喜欢的事，过着平凡而浪漫的生活，实在算得上是一对神仙眷侣。

第二章
登高峰·相逢意气为君饮

诗歌欣赏

寒食城东即事

王维

清溪一道穿桃李,演漾绿蒲涵白芷。

溪上人家凡几家,落花半落东流水。

蹴踘(鞠)屡过飞鸟上,秋千竞出垂杨里。

少年分日作遨游,不用清明兼上巳。

赏析

这首诗是王维的早期作品,是一首春游诗,具体创作年份不详。

春天来临,万物复苏,王维在城东春游,见到少男少女们结伴出游有感而发。有人说,这首诗中有少年对自由的赞美,也有少年对青春与爱情的赞美。

首四句写早春景色。春风和煦的春日,桃树、李子树竞相开出娇嫩的花朵,清澈的溪水穿过桃李林缓缓流淌,溪流两岸是翠绿的蒲草和清香的白芷草,几户人家居住在小溪旁,落花飘落在溪水上,随着溪流流过农家门前,一直向东流去。

末四句写游人游春。少男少女们趁着春

第二章
登高峰·相逢意气为君饮

光明媚，纷纷到户外游玩，有玩蹴鞠的，有荡秋千的。蹴鞠高高飞起，甚至比飞鸟飞得还高，摆荡的秋千在嫩绿的杨树林中忽上忽下，这样的场景热闹欢快。随后诗人感慨，年轻真好，他们每日都可以相邀踏春，而不必专门等到清明节或上巳节才出门。

  本诗语言清丽，字里行间描绘出一幅生机勃勃、充满青春朝气的游春图，可谓诗中有画，画中有诗。王维歌颂少男少女们的自由，也歌颂少男少女们一起嬉笑打闹的快乐生活。而这样的生活正是彼时的王维所崇尚和经历着的。

第三章 风波起·世事浮云何足问

年轻的王维如愿步入仕途,正当他踌躇满志之时,一场灾祸不期而遇。受"黄狮子舞"一案的牵连,王维被贬去偏僻的济州小城。他不得不收拾行囊,远离好友亲人,千里迢迢地赶往偏远之地挣一份微薄的俸禄。幸好王维生性豁达、淡泊名利,他很快从困境中挣脱而出,从容淡定地面对命运的挑战。

祸起"黄狮子舞"

开元九年（721年）的春天，王维擢进士第，不久便被授予了太乐丞一职，这令王维满心欢喜、意气风发。然而，就在这一年的秋天，祸事突降，令他跌入谷底。

事情还要从头说起。有一天，岐王李范在王府里大摆宴席，座上有与他交好的官员、诗坛名家等。岐王还邀来太乐署的官员及宫中伶人，并命伶人们奏乐、舞蹈助兴。

身为太乐丞及岐王好友的王维也在席上，他享受着此刻热闹的气氛，不时低头饮酒，微笑着与身边人交谈。酒酣耳热之际，岐王突然提出要看黄狮子舞。席上众人听了大惊失色，有人劝道，黄狮子舞只有当今圣上才能观赏。岐王听了却不以为意，执意要看黄狮子舞。

王维皱起眉头，他环顾四周，只见自己的顶头上司太乐令刘贶及

其他品级更高的官员都未发话，于是便也忍下了劝阻之语。

在岐王的一再要求下，伶人们不得不奏响音乐，战战兢兢地跳起黄狮子舞。其间岐王不断地大声叫好，应和者却寥寥无几。舞罢，岐王意犹未尽，席上其他人却铁青着脸，沉默不语。众人都预感到，恐怕祸事不久矣。

果然，当唐玄宗知道这件事后，龙颜大怒，参与岐王宴席的一些人当即便受到惩处，其中就包括王维。他被贬出长安，调往偏远的济州任司仓参军。

得知被贬的消息，王维沮丧不已。原本盼着能在京师大展拳脚，谁料刚刚踏上仕途之路，便遭遇了如此大的一个跟头。但王维同时也深感庆幸，因为按照唐代的律法，黄狮子舞一案的性质较为严重，但玄宗虽然震怒，却并未真的严惩席上众人，比如王维也只是暂时被贬出京师，并未被彻底截断仕途之路。

实际上，后世有学者分析认为，黄狮子舞其实只是个幌子，玄宗以此案惩罚参与岐王宴会的那些官员，其实是为了震慑岐王，同时还可以将岐王心腹贬出权力中心。王维因为年少时便和岐王交往甚密，便也被视为岐王一党，因此才落得个被贬出京的结局。

年轻的王维被卷入政治旋涡中，他第一次感受到仕途艰难，内心惶恐不已。面对未来，他不再自信满满，反而多了很多忧思……

被贬出京，以诗纪行

因"黄狮子舞"一案，王维被贬为济州（今山东茌平附近）司仓参军。离开长安前，他心情十分低落，终日愁眉紧锁，难开笑颜。

京城里往日那些交往甚密的故交好友知道此事后，均叹息不已，他们张罗着要为王维饯行。据说，在离别前的宴席上，王维吟诵了一首意味深长的《初出济州别城中故人》来排遣愁绪：

微官易得罪，谪去济川阴。
执政方持法，明君照此心。
闾阎河润上，井邑海云深。
纵有归来日，各愁年鬓侵。

诗中，王维自嘲是人微言轻的"微官"，稍不注意便被贬去偏僻的济州，纵然来日有可能重回长安，却也不知是何年何月，那时候恐怕他与城中故交好友都已两鬓斑白。

由此诗可知，王维当时的心情是比较悲观的。他对于自己重回长安所抱的希望并不大。

辞别众人后，王维收拾了行囊，与随身僮仆一起离开长安，赶赴济州。

一路上，王维都闷闷不乐，这种郁闷的心情反而助长了诗兴，他且行且吟，将一路上的见闻、所思所想都融入一首首诗作中。

据说在途经河北时，王维留下一首经典的《登河北城楼作》：

> 井邑傅岩上，客亭云雾间。
> 高城眺落日，极浦映苍山。
> 岸火孤舟宿，渔家夕鸟还。
> 寂寥天地暮，心与广川闲。

这首诗情景交融、动静结合，以简练的笔触勾勒出一幅山川壮阔、岁月静好的景象，诗末王维感叹道"心与广川闲"。他沉浸在眼前的美景里，心情豁然开朗，似乎淡忘了之前的种种不快。

然而，这种闲适、淡然的心态只能维持一时，没过多久，那浓得化不开的愁绪又像一块石头沉甸甸地压在他心底。

行至郑州，王维有感而发，作下一首《宿郑州》：

第三章
风波起·世事浮云何足问

> 朝与周人辞,暮投郑人宿。
> 他乡绝俦侣,孤客亲僮仆。
> 宛洛望不见,秋霖晦平陆。
> 田父草际归,村童雨中牧。
> 主人东皋上,时稼绕茅屋。
> 虫思机杼悲,雀喧禾黍熟。
> 明当渡京水,昨晚犹金谷。
> 此去欲何言,穷边徇微禄。

诗一开篇,王维感叹自己早上才离开洛阳,傍晚时分便到了郑州。他投宿在此,内心倍感孤独。四周山水环绕,一派宁静,空气中弥漫着浓烈的稻香。此地的山水田园美景让王维沉浸其中,却也加重了他的孤独与落寞。此刻的他,离京城、离爱侣越来越远了。听着秋虫的声声悲鸣,王维陷入了对亲朋好友的浓浓思念里。诗的末尾,王维叹息道:"此去欲何言,穷边徇微禄。"他辞别亲人,这般千里迢迢、风尘仆仆地赶往他乡,却只能得到一份微薄的俸禄,字里行间所流露出的淡淡的忧伤之情十分动人。

第二日一早,王维由陆路换水路,乘坐小船经荥泽入汴河。一路上,他以诗纪行,相继留下《早入荥阳界》《千塔主人》等诗作。其中,《早入荥阳界》一诗详细描述了荥阳的地理环境、风土人情,可见王维心思细腻,体察入微:

泛舟入荥泽，兹邑乃雄藩。
河曲闾阎隘，川中烟火繁。
因人见风俗，入境闻方言。
秋野田畴盛，朝光市井喧。
渔商波上客，鸡犬岸旁村。
前路白云外，孤帆安可论。

　　大约在深秋时节，王维终于到达济州。他一边整理行囊，一边整顿心情，稍事休息后便正式开启了在济州的生活。

第三章
风波起·世事浮云何足问

诗歌欣赏

千塔主人

王维

逆旅逢佳节，征帆未可前。

窗临汴河水，门渡楚人船。

鸡犬散墟落，桑榆荫远田。

所居人不见，枕席生云烟。

赏析

《千塔主人》是一首纪行诗，题目中的"千塔"可能是某座寺庙的名称。千塔主人，可能是王维乘坐客船行经汴河途中遇到的一位僧人。

"逆旅逢佳节，征帆未可前"此开篇两句描写了一位旅人乘坐客船来到此地，恰逢佳节，于是客船收起风帆，暂停于此，不再前进。

"窗临汴河水，门渡楚人船"描写了旅人下榻的旅舍窗前是滔滔汴河水，门前则停泊着楚人的船只。

"鸡犬散墟落，桑榆荫远田"描述了一派宁静淡远的田园画卷：旅人朝周围的村落

第三章
风波起·世事浮云何足问

走去，只见田野里庄稼长势良好，田埂上的桑树枝繁叶茂，远处的鸡犬无拘无束，悠闲自在地觅食。

"所居人不见，枕席生云烟"描写了旅人步行良久，见到一处寺院，寺院大门敞开，寺院的主人却并不在寺院内，而寺院主人平日所用的枕席上似乎升起一片云烟。"人不见""生云烟"等描写刻画出寺院主人的超然物外、不染尘烟，令人神往。

这首诗意境高远、清淡宁静，通篇弥漫着一股淡淡的禅意，别具美感。

济州任上，悠然自洽

贬官济州的日子里，王维渐渐从失意中振作起来，处理公务之余，也四处交游、纵情山水、吟诗作画，尽量为自己的生活增添更多的光彩。可见，内心富足的人，哪怕身处逆境，亦能悠然自洽、从容淡定。

贬官期间，交友、作诗两不误

王维到达济州后，一度因旅途太过劳累而病倒。等身体稍微好转后，他便走马上任，在下属的帮助下熟悉日常的公务。

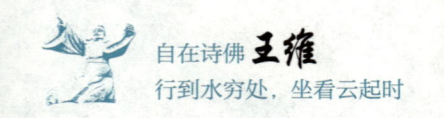

济州司仓参军并不是什么大官要职，需要管理仓廪、庖厨等具体事务。于是，王维在尽心处理本职工作的同时，有了更多时间去读书、作画、赋诗。同时，王维依旧保持着在长安时的习惯——与人为善、广泛交友，通过这些友人了解当地的风土人情。

王维交友从不看对方的身份、地位，只要与对方性情相投、志趣相近，便以真心相待。在济州期间，他结交的友人包括当地的官吏、文人、隐士、高僧、普通民众等。在与他们交往的过程中，王维常以诗作抒发情谊，表达对友人的欣赏、爱慕之情。

在《济上四贤咏三首》这组诗中，王维分别夸赞了济州当地的四位隐士，即崔录事，成文学，郑、霍二山人。其中，崔录事少年时剑行天下、行侠仗义，后奋发读书，褪去一身的锋芒，成为大儒。虽然崔录事在仕途上没有大的建树，但王维十分欣赏他，甚至想要和他一起隐居山中、漂泊海上：

解印归田里，贤哉此丈夫。
少年曾任侠，晚节更为儒。
遁迹东山下，因家沧海隅。
已闻能狎鸟，余欲共乘桴。

——《济上四贤咏三首·崔录事》

成文学也是一位性格直爽、一身侠气的隐士，他在权贵面前不卑不亢，将名利富贵视若浮云，这样的品质让王维青眼有加，直呼对方是知己：

第三章
风波起·世事浮云何足问

> 宝剑千金装，登君白玉堂。
> 身为平原客，家有邯郸娼。
> 使气公卿坐，论心游侠场。
> 中年不得意，谢病客游梁。
>
> ——《济上四贤咏三首·成文学》

郑、霍二山人是指居住在深山中的郑姓、霍姓两位隐士，他们终日与松柏、泉石为伴，靠着耕种及采集、售卖药材所赚来的微薄的银钱为生。王维敬重郑、霍二山人的人品，见他们将一身才华浪费在深山野林中，深感无奈，为他们惋惜的同时也不禁自怜自叹：

> 翩翩繁华子，多出金张门。
> 幸有先人业，早蒙明主恩。
> 童年且未学，肉食骛华轩。
> 岂乏中林士，无人荐至尊。
> 郑公老泉石，霍子安丘樊。
> 卖药不二价，著书盈万言。
> 息阴无恶木，饮水必清源。
> 吾贱不及议，斯人竟谁论。
>
> ——《济上四贤咏三首·郑霍二山人》

除了这四位隐士外，王维还与赵叟、崇梵僧、焦炼师等人交好，并分别作《济州过赵叟家宴》《寄崇梵僧》《赠东岳焦炼师》等诗记录

与这些朋友相知、相交的经历,这些诗将王维对朋友真挚的情谊展现得淋漓尽致。

任职济州期间,最让王维受触动的是好友祖咏的拜访。那是在开元十三年(725年)的冬天,祖咏前往外地任职,途经济州,于是兴冲冲地去寻王维叙旧。见昔日好友骑着马儿突然出现在自己面前,王维大喜过望,在《喜祖三至留宿》中,他记录下了当时的心情:

> 门前洛阳客,下马拂征衣。
> 不枉故人驾,平生多掩扉。
> 行人返深巷,积雪带余晖。
> 早岁同袍者,高车何处归?

在济州的日子堪称寂寞,而与赵叟、孙二、焦炼师等人的相交及老友祖咏的拜访令王维的生活多了几分姿彩,王维的心渐渐被打开,逐渐变得悠然从容起来。

纵情山水间,感慨良多

在广泛交友的同时,王维得空便去探访济州当地的名山胜水,从自然山水中获得慰藉。王维听说济州境内有一座山叫作鱼山,坐落在黄河岸边,便前去游览。

第三章
风波起·世事浮云何足问

据说鱼山上建有神女祠，鱼山西麓建有曹植墓。王维登鱼山后，先是拜谒了曹植墓，后又在神女祠内流连忘返。归去后，他意犹未尽，挥毫泼墨作下《鱼山神女祠歌二首》：

坎坎击鼓，鱼山之下。吹洞箫，望极浦。女巫进，纷屡舞。陈瑶席，湛清酤。风凄凄兮夜雨，不知神之来兮不来，使我心兮苦复苦。

——《鱼山神女祠歌二首·迎神》

纷进舞兮堂前，目眷眷兮琼筵。来不言兮意不传，作暮雨兮愁空山。悲急管兮思繁弦，神之驾兮俨欲旋。倏云收兮雨歇，山青青兮水潺湲。

——《鱼山神女祠歌二首·送神》

《鱼山神女祠歌二首》情调缠绵、凄婉，反映了王维内心深处关于初恋的隐秘的情感，亦抒发了他仕途失意后苦闷的心情。

被贬济州堪称王维人生中较为沉重的一次打击，但王维自幼心境淡泊平和，善于排解内心的苦闷。往后的几年里，王维纵情于山水间，用自然美景来排遣愁苦、开阔心境。对于情感细腻的王维来说，无论是自然风光，还是历史遗迹，总能让他心生感慨，诗兴大发。

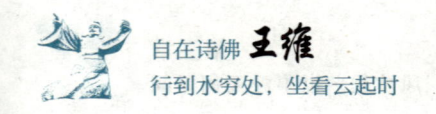

越发浓烈的思乡之情

随着时间的流逝,王维被贬济州的痛苦渐渐消散,但思乡之情却越发浓烈。这种浓烈的情感在《和使君五郎西楼望远思归》这首诗中可见一斑:

> 高楼望所思,目极情未毕。
> 枕上见千里,窗中窥万室。
> 悠悠长路人,暧暧远郊日。
> 惆怅极浦外,迢递孤烟出。
> 能赋属上才,思归同下秩。
> 故乡不可见,云水空如一。

这首诗描述的虽是登高望远之景,抒发的却是王维对于家乡、亲人的无尽思念之情,尤其是最后两句"故乡不可见,云水空如一",意境空蒙、悠远,情感真挚,令人回味无穷。

王维在被贬济州的几年间广泛交友、访山问水、以诗抒怀,内心越发从容、淡然,这段经历对他的一生产生了深远的影响。从王维这一时期所创作的诗歌可知,他内心中隐逸山林的想法越发浓烈,对官场已经生出倦怠之心。

大约是在开元十六年(728年)寒食节前,王维毅然决然地辞去了济州司仓参军一职,踏上了归去的路程。

第三章
风波起·世事浮云何足问

诗歌欣赏

济州过赵叟家宴

王维

虽与人境接,闭门成隐居。

道言庄叟事,儒行鲁人余。

深巷斜晖静,闲门高柳疏。

荷锄修药圃,散帙曝农书。

上客摇芳翰,中厨馈野蔬。

夫君第高饮,景晏出林间。

赏析

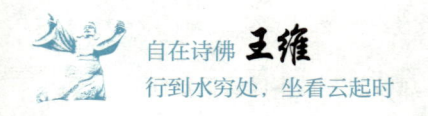

这首五言古诗作于王维被贬济州期间，全诗用语流畅、朴素，是一首难得的佳作。

"虽与人境接，闭门成隐居。"诗的开篇描写赵叟的生活环境：赵叟的家不是特别偏远，周围人来人往，但是他家每天大门紧闭，谢绝宾客，赵叟每日过着悠闲、自在、清净的生活。

"道言庄叟事，儒行鲁人余。"这两句中，王维表达了对赵叟的仰慕之情，他将赵叟比作庄子、孔子，称赞赵叟品行高洁。

"深巷斜晖静，闲门高柳疏。"此二句写的是赵叟每日所见之景，诗人以"深巷""斜晖""闲门""高柳"几组意象营造

第三章
风波起·世事浮云何足问

出一种静谧、美好的氛围。

"荷锄修药圃，散帙曝农书。"此二句详细描写赵叟的日常生活场景：赵叟每日侍弄园圃，阅读及整理书籍，过得十分充实而又富有情趣。

"上客摇芳翰，中厨馈野蔬。"此二句描述了宴饮的场面，呼应诗题：宾客们聚在书房里欣赏着主人的书画作品，厨房里仆人们忙忙碌碌，正在准备美酒佳肴。

"夫君第高饮，景晏出林间。"最后两句描述了主人与宾客欢聚一堂、畅饮美酒的情景。这场宴会持续良久，直到日暮时，宾客们才意犹未尽地离开赵叟府邸。

这首诗通过对赵叟富有情趣的田园生活及一场热闹宴会的描写，表达了王维对隐逸生活的向往之情，是一首经典诗作。

而立之年，痛失爱妻

王维离开济州后，归隐了很长一段时间。在此期间，他的妻子不幸亡故，此时王维大约三十岁。面对爱妻的离去，王维痛彻心扉。

史书记载，王维自妻子离世后并未续娶，而是独自一人生活了三十余年。他只穿素净的衣服，每日粗茶淡饭，不再吃肉食。对于王维而言，弱水三千，只取一瓢饮。这世间美好的女子固然多，但无论是谁，都无法填补他心里的空缺。

从王维的诗作中可以看出，而立之年后，他的心境越发平和、宁静。妻子的离世令他痛苦异常，而类似的痛苦在早年丧父时他已经承受过。幼年丧父、中年丧妻的经历似乎让王维参透了人生的真相——聚散离合本是世间的常态，又何必执着，不如"屏绝尘累"，凡事看淡，一切随缘。

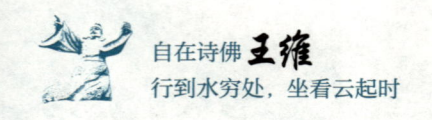

自在诗佛 **王维**
行到水穷处，坐看云起时

　　一生几许伤心事，不向空门何处销？妻子离世后的孤独的岁月里，王维活得像一位僧侣。后来，他选择皈依佛门潜心修行，将对妻子的爱与怀念深深放在心底。

第三章
风波起·世事浮云何足问

诗歌欣赏

相思

王维

红豆生南国,春来发几枝?

愿君多采撷,此物最相思。

赏析

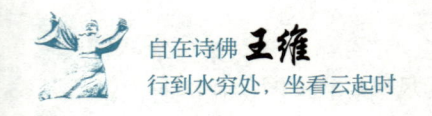

　　《红豆》借咏物寄托相思之情，是王维的代表作之一。相传这首诗是王维为怀念友人而作，也有人说，这首诗是王维为悼念亡妻而作。全诗用语朴素，却情意绵长，感人至深。

　　诗开篇即提到所咏之物——红豆，这是一种产于南方的植物，圆润鲜红，小巧美丽，古时人们称红豆为"相思子"，而唐朝诗人经常用红豆来描述相思之情。次句以设问结尾，流畅自然而又意味深长，令人神往。

　　三、四句诗人直抒胸臆，盼着对方能多多采撷红豆，因为它寄托着绵长深厚的

第三章
风波起·世事浮云何足问

情感，是"有情之豆"。诗人用这种方式抒发自己浓烈的相思之情，含蓄有致，委婉动人。

这首诗语意高妙，情思缠绵，字里行间富含韵律美，在当时及后世都广为流传。

漫游人间，心境澄明

离开济州后，王维行迹不定，或闲居长安，或隐居洛阳。有学者认为，在此期间，王维曾有过几段漫游经历，他很可能先去了吴越一带游历，后又向西，饱览巴蜀美景。

王维在吴越一带具体的游览经历及时间已不可考，但根据王维所作的《西施咏》《送缙云苗太守》等诗可知，他曾经到访诸暨、缙云等地。而其后期所作的《同崔傅答贤弟》一诗中提道："九江枫树几回青，一片扬州五湖白。扬州时有下江兵，兰陵镇前吹笛声。夜火人归富春郭，秋风鹤唳石头城。"从中可以看出王维对吴越一带十分熟悉，早年间漫游吴越的经历在他脑海里留下了深刻的印记。

遍游吴越后，王维又去了巴蜀一带游历。一路上，他兴致勃勃，一边观览湖光山色，一边吟诗作画，留下《自大散以往深林密竹磴道

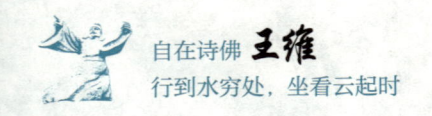

盘曲四五十里至黄牛岭见黄花川》等经典诗篇及《蜀道图》《剑阁图》等画作。

其中,《自大散以往深林密竹磴道盘曲四五十里至黄牛岭见黄花川》一诗记录了王维入蜀途中的所见所闻。全诗用语清丽,将蜀地的自然风光以一种白描式的手法展现在读者面前:

> 危径几万转,数里将三休。
> 回环见徒侣,隐映隔林丘。
> 飒飒松上雨,潺潺石中流。
> 静言深溪里,长啸高山头。
> 望见南山阳,白露霭悠悠。
> 青皋丽已净,绿树郁如浮。
> 曾是厌蒙密,旷然销人忧。

从吴越至巴蜀,王维漫游人间,在山水美景中寻觅心灵净土。在旅途中,他的眼界变得越发开阔,心境也如同秋水般通透澄明。他努力从纷繁复杂的尘世中抽离出来,令自己专注于当下。而对于未来,他不再思虑重重,反而变得越发坚定、无所畏惧。

诗歌欣赏

过青溪水作

王维

言入黄花川,每逐青溪水。

随山将万转,趣途无百里。

声喧乱石中,色静深松里。

漾漾泛菱荇,澄澄映葭苇。

我心素已闲,清川澹如此。

请留磐石上,垂钓将已矣。

赏析

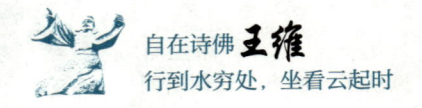

《过青溪水作》又名《青溪》，是一首五言古诗，相传这首诗是王维入蜀途中所作。

诗开篇四句对青溪之景进行了总体的介绍。诗人每次进入黄花川游览，都会去观赏青溪的美景，只见它随着山势蜿蜒而行，灵动无比。

五到八句描述了这样一幅画面：当清澈的溪水从乱石中穿过时，水势汹涌，站在远处都能听到湍急的流水声；当溪水流入松林时，却变得平静，水面上漂浮着菱叶、荇菜等各种水草，水草间隙荡漾着松树的倒影，靠近岸边的浅水里生长着一片片芦苇，随风摇曳生姿。

第三章
风波起·世事浮云何足问

最后四句,诗人表明心迹,说自己的心如同青溪水般宁静淡远,他只盼着能长留青溪岸边,在垂钓中度过此生。

整首诗用语自然淡雅,意蕴悠长隽永,令世人称赞不已。

王孟唱和，惺惺相惜

王维与孟浩然同属于盛唐时期的山水田园派诗人，据后世研究可知，他们之间曾结下一段真挚的友谊。但两人何时相识、相交，包括交往的细节却难以考据。后世有学者认为，可能正是在王维离开济州后的那段时间里，他和孟浩然逐渐熟络起来，两人惺惺相惜，以诗唱和，深厚情谊尽在不言中。

《旧唐书·文苑传》中记载，孟浩然"年四十，来游京师，应进士不第，还襄阳"。在离开襄阳前，孟浩然作《留别王侍御维》一诗，表达怀才不遇的郁愤与惜别友人的感伤：

寂寂竟何待，朝朝空自归。

欲寻芳草去，惜与故人违。

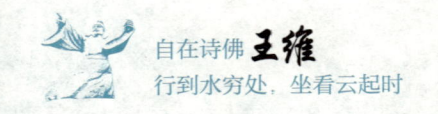

> 当路谁相假，知音世所稀。
> 只应守索寞，还掩故园扉。

在这首诗中，孟浩然称王维为知音，感慨在这世上，能如王维一般了解他的志愿、欣赏他的才能的人少之又少。"惜与故人违"一句将孟浩然与王维离别时的不舍与感伤刻画得淋漓尽致。

王维对孟浩然的离去同样是满怀惋惜，送别孟浩然时，他作下《送孟六归襄阳》一诗，在诗中提出了一些真诚的建议：

> 杜门不复出，久与世情疏。
> 以此为良策，劝君归旧庐。
> 醉歌田舍酒，笑读古人书。
> 好是一生事，无劳献子虚。

诗中，王维并未说一些客套话，反而直截了当地告诉孟浩然不必再劳心费力地献赋求仕，此后不如隐居家乡，在山水田园间怡情养性，每日饱读古人诗书，以此重拾内心的宁静与自在。

王维语出真诚，他珍视与孟浩然的友谊，欣赏孟浩然的才情，见孟浩然在京城频频碰壁，王维不由为好友的遭际鸣不平。在王维看来，既然长安辜负了洒脱超然、才华横溢的孟浩然，孟浩然又何必眷念此地。与其毫无尊严地挣扎在求仕路上，不如抛弃这一切，"醉歌田舍，笑读古书"，做个自在的闲人。

王维与孟浩然之间意气相投，以诗唱和，成就后世的一段佳话。后人将王维与孟浩然并称为"王孟"，他们的不朽诗才和惺惺相惜之情为大唐盛世增添了一抹动人的色彩，令后人神往不已。

自在诗佛 **王维**
行到水穷处，坐看云起时

诗歌欣赏

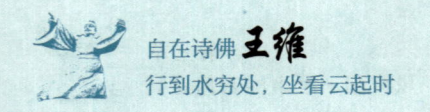

哭孟浩然

王维

故人不可见，汉水日东流。

借问襄阳老，江山空蔡州。

第三章
风波起·世事浮云何足问

赏析

　　这首《哭孟浩然》是王维在好友孟浩然去世后所作的一首悼亡诗。

　　诗的开篇两句直抒胸臆，表达诗人对孟浩然辞别人间的悲痛之情。诗人站在汉水边思念故友，脑海里时不时浮现出故友的音容笑貌，可再也无法与故友相见、交谈，一想到此，诗人心中骤痛，难过之情溢于言表。

　　三、四句景中含情。诗人望着眼前的汹涌江水，不禁想问，既然人间再无孟浩然，即便河山依旧，自己又能与谁一起再游蔡州呢？一个"空"字表达出诗人内心无限的遗

憾，他对故友的思念之情如同滔滔江水连绵不绝。

  这首诗用语直白、朴素，其中的深情却动人肺腑、感人至深。

第四章

复出仕·衣冠不改鸿鹄志

想要做出一番成就、名留青史，是离不开慧眼识千里马的伯乐相助的，对于王维来说，张九龄就是他的伯乐。张九龄对王维的提拔，使得王维可以顺利复出仕，而王维亦不忘张九龄的赏识之恩，二人亦师亦友，成为忘年之交，成就唐代文坛的一段佳话。

隐居嵩山，出仕之心渐浓

从济州辞官后，王维曾短暂地返回长安，他想要寻觅一处清净之地作隐居之所。一番选择之下，他决定隐居于嵩山。

嵩山靠近洛阳，风光秀丽，景色宜人，是理想的居住之地。隐居此地时，王维作下这首经典的《归嵩山作》：

> 清川带长薄，车马去闲闲。
> 流水如有意，暮禽相与还。
> 荒城临古渡，落日满秋山。
> 迢递嵩高下，归来且闭关。

诗中，王维细致地刻画了归隐途中的所见所闻：清澈的河川像长

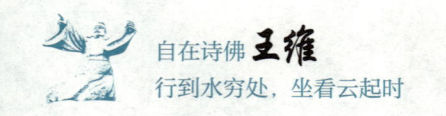

长的彩带镶嵌在草地上，车马在归途中缓缓前行，鸟儿四飞，与诗人一道奔赴家的方向，余晖映照在山林间，一派恬淡、悠然之景。

此时的王维厌倦了官场纷争，向往静谧的隐居生活。他在诗中强调"归来且闭关"，表明自己将谢门闭客，在清幽的嵩山修磨心性。

但王维心里其实是很矛盾的，一方面他向往隐居生活，这种不问世事、看淡名利的日子能让他的心彻底安静下来，另一方面，他也无法彻底断绝仕进之念。

在隐居嵩山之前，王维曾游历四方。在此期间，因关中一带自然灾害严重，长安城中闹起了饥荒，为此，唐玄宗下令移驾东都洛阳。王维在游历途中曾听闻关中百姓流离失所、食不果腹的惨状，内心极为纠结、痛苦。对于江山社稷、民生大计，王维始终怀有一份强烈的责任感。他渴望在仕途上有所作为，在建功立业、光耀门楣的同时为大唐民众真正做一点实事，让百姓们能安居乐业、远离祸患。

虽然他当初劝好友孟浩然离开长安、归隐"旧庐""醉歌田舍酒，笑读古人书"，也在诗作中表达了对现实政治的失望，并立誓要闭关嵩山，但他始终无法真正放弃仕进理想。

恰在此时，一个消息传来，张九龄被授予金紫光禄大夫，王维仿佛看到了希望。他的心态彻底发生了转变，重新萌生了出仕的愿望，这个愿望变得越来越强烈。

投诗干谒，获名相赏识

　　王维隐居嵩山后，出仕之心渐浓。听闻自己的许多好友均在仕途中正有所作为，他越发迫不及待地想要重新迈入官场。

　　开元二十一年（733年），张九龄结束丁母忧后，被召回朝廷重用，先授检校中书侍郎，再授中书令（宰相）。王维早在校书郎任上时就十分敬慕张九龄，彼时的张九龄也十分欣赏王维的才华，二人彼此相识交好，惺惺相惜。后来，张九龄为母丁忧、王维归隐山林，二人皆离开朝堂。

　　如今，张九龄出仕还朝，王维十分欣喜，真心为张九龄能担任宰相之职感到开心，也看到了自己复出仕的希望。

　　开元二十三年（735年），张九龄被授予金紫光禄大夫，王维作诗《上张令公》干谒张九龄，明确表达了重回官场的意愿：

　　　　　珥笔趋丹陛，垂珰上玉除。
　　　　　步檐青琐闼，方憩画轮车。
　　　　　市阅千金字，朝开五色书。
　　　　　致君光帝典，荐士满公车。
　　　　　伏奏回金驾，横经重石渠。
　　　　　从兹罢角抵，希复幸储胥。
　　　　　天统知尧后，王章笑鲁初。
　　　　　匈奴遥俯伏，汉相俨簪裾。
　　　　　贾生非不遇，汲黯自堪疏。
　　　　　学《易》思求我，言《诗》或起予。
　　　　　尝从大夫后，何惜隶人余。

　　在王维的心中，张九龄是一个恪尽职守、正直廉洁的贤相，张九龄以往在朝中多办实事，诸如罢角抵戏、力护太子、保护良臣等，所做的一切都是为了辅佐唐玄宗成为尧舜那样的明君。这样的丰功伟绩是王维所仰慕的，王维希望自己能有张九龄那样的政治作为。

　　只是，当下的王维在朝堂之外，正处于一个怀才不遇的境地，没有机会辅佐明君，因此王维希望自己能得到张九龄的提拔。

　　王维出仕的心是明朗的，他丝毫不掩饰自己对仕途的渴望，他希望能在朝堂中被委以重任，为大唐的繁荣尽自己的一份力量，这样赤诚的报国之心，张九龄是非常认可的。

　　张九龄本就对王维的人品和才干都十分赏识，收到王维的诗后，

第四章
复出仕·衣冠不改鸿鹄志

想起这位曾经才动京城、做事勤恳的才子，心中深感欣慰，如今看到王维有重回仕途之心，自然愿意帮助他。

王维投诗干谒后不久，就在张九龄的举荐下被授予右拾遗，担任谏言之职，至此，王维顺利复出仕。

任右拾遗，身在上流

开元二十三年（735年）春，王维任右拾遗。此时的王维终于又回到朝堂，从隐居山林重新跻身朝廷大臣之列。

接到朝廷任命消息的王维心情舒畅，他收拾行囊，准备马不停蹄地离开嵩山，赶往东都洛阳赴任。临行前，他以《留别山中温古上人兄并示舍弟缙》告别宗兄温古，告知胞弟王缙：

解薜登天朝，去师偶时哲。
岂惟山中人，兼负松上月。
宿昔同游止，致身云霞末。
开轩临颍阳，卧视飞鸟没。
好依盘石饭，屡对瀑泉渴。

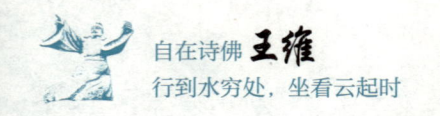

理齐小狎隐，道胜宁外物。

舍弟官崇高，宗兄此削发。

荆扉但洒扫，乘闲当过歇。

王维深知出仕不易，堪比登天。但是现在，自己隐居山林的生活就要结束了，打扫干净柴门，拂袖而去，且当在这山林间做了一回过客。毫无疑问，这一阶段的王维还是心系朝堂，无法完全放下心中理想隐居出世。

在洛阳上任后不久，王维随唐玄宗回到长安，右拾遗职不变。兜兜转转，王维又回到了他曾经扬名的京城。

右拾遗虽然是个八品的小官，但是可以议政，为朝廷谏言，在朝廷中是比较重要的官职，这正给了王维实现为国谏言献策、辅佐明君的政治理想的机会，因此王维对右拾遗的任命是非常满意的。这在他在右拾遗任上所作的《早朝二首》诗中得以体现：

其一

皎洁明星高，苍茫远天曙。

槐雾暗不开，城鸦鸣稍去。

始闻高阁声，莫辨更衣处。

银烛已成行，金门俨骖驭。

其二

柳暗百花明，春深五凤城。

第四章
复出仕·衣冠不改鸿鹄志

> 城乌睥睨晓，宫井辘轳声。
>
> 方朔金门侍，班姬玉辇迎。
>
> 仍闻遣方士，东海访蓬瀛。

东方刚刚亮时，王维就已经在上早朝的路上了，大臣们在宫门外整齐排列，春天的宫城柳暗花明、生机盎然，有鸟鸣声、辘轳声，似乎还能听到宫内在交谈派遣方士问仙求道的传闻。

从王维上朝路上的所见所闻来看，他上早朝的态度非常积极。此时的王维身为谏官，可参政议政，正欲有一番作为。

再出仕，王维下定了决心要跟随以张九龄为代表的秉公任直的大臣们共同辅佐盛世明君。

自在诗佛 王维
行到水穷处，坐看云起时

诗歌欣赏

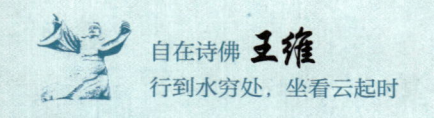

献始兴公

王维

宁栖野树林，宁饮涧水流。

不用食粱肉，崎岖见王侯。

鄙哉匹夫节，布褐将白头。

任智诚则短，守任固其优。

侧闻大君子，安问党与雠。

所不卖公器，动为苍生谋。

贱子跪自陈，可为帐下不？

感激有公议，曲私非所求。

第四章
复出仕·衣冠不改鸿鹄志

赏析

此诗作于王维任右拾遗期间，是王维献给提拔自己出仕的贤相张九龄的诗。

前八句是王维的自述心志。王维认为，自己宁可隐居在荒山野林，一生生活清贫，也不愿意卑躬屈膝以求得嗟来之食，他希望能靠自己的真才实学被人赏识，虽然自己学识有限，但能守住报国的初心和文人气节。

后八句是王维对张九龄无私提拔的感谢。王维对张九龄的秉公正直、人品学识早有耳闻，知道张九龄是一个任人唯贤、真心为百姓谋福的人，因此王维愿意跟随张九龄有所作为，也感谢张九龄对自己不徇私情的公正提拔。

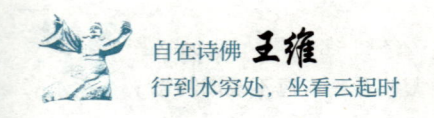

自在诗佛 **王维**
行到水穷处，坐看云起时

　　王维的这首诗写得不卑不亢，他对自己的才能足够自信，对张九龄的正直更加有信心。王维用一句"可为帐下不"，毫不遮掩地表露自己的出仕之心，谦卑而不谄媚，而张九龄提拔自己也并未"曲私"，两人都光明磊落，令人敬佩。

为好友鸣不平

就在王维在京城任右拾遗期间，好友丘为又一次科考落第的消息传来，他不禁为好友感到惋惜与难过。见丘为始终紧锁眉头、心事重重的样子，王维亦闷闷不乐。

丘为是苏州嘉兴（今属浙江）人，曾多次赶赴长安参加科考，但屡试不第。每次落第，丘为消沉一段时间后，总能重振精神，回乡继续苦读，盼着来年能一举高中。

王维与丘为交谊甚深，元代《唐才子传》中就有这样的记载："王维甚称许之（指丘为），常与唱和。"

王维曾作《留别丘为》（一说为《留别王维》，乃丘为所作）一诗纪念其与丘为真挚的友谊。此诗情深意长，韵味独特，在诗歌创作史上占据着独特的地位：

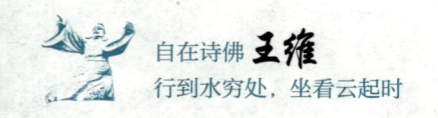

> 归鞍白云外，缭绕出前山。
> 今日又明日，自知心不闲。
> 亲劳簪组送，欲趁莺花还。
> 一步一回首，迟迟向近关。

丘为在科考路上屡败屡战，令王维深感敬佩。在王维看来，丘为人品贵重、性情谦和、文才过人，可这样的人才却无人赏识，白白在科举路上耽误了青春，埋没了才华，实在令人痛心。

王维深深理解这种备受冷遇的滋味，他自己在仕进路上也是颇多挫折，直到这次得张九龄帮助，才能在京城里扎下脚跟，可丘为却并没有自己这般好运气。同时，王维也恨自己没有能力帮助丘为，更怨朝廷识人不明，埋没人才。

于是，在送丘为返乡时，王维作下《送丘为落第归江东》一诗为好友鸣不平。

就在王维为丘为的坎坷际遇耿耿于怀的时候，朝中突然发生了新的变故。

第四章
复出仕·衣冠不改鸿鹄志

诗歌欣赏

送丘为落第归江东

王维

怜君不得意，况复柳条春。

为客黄金尽，还家白发新。

五湖三亩宅，万里一归人。

知祢不能荐，羞为献纳臣。

自在诗佛 **王维**
行到水穷处，坐看云起时

赏析

　　这首诗是王维对好友丘为的赶考落第表达同情和歉意所作。

　　首联中，由一"怜"字为全篇定下同情和惋惜的情感基调，送别知己，却在满目春色、万象伊始的初春，这里是借"复春"一词来表达似水流年的时光。

　　颔联以当年苏秦游说秦王失败的故事作比，陈述好友丘为的遭遇。

　　颈联是本诗名句，也是亮点所在，表达作者此刻对好友心境的共鸣。另外，"五湖"与"三亩宅"，"万里"与"一归人"的对应，前景大，后景小，以"五湖""万里"的宽阔表现友人处境的孤独。

第四章
复出仕·衣冠不改鸿鹄志

尾联中，以祢衡借指丘为，诉说自己抱愧于友、未能荐贤的羞愧。

全诗由"怜"而起，由"羞"结束，诗人的情感基调从同情转为羞愧，借用苏秦与祢衡的遭遇，安慰好友的同时，也表达了作者对朝廷不能"任贤"的不满。

举世无相识，终身思旧恩

　　王维任右拾遗后不久，张九龄遭李林甫陷害被贬出京。亦师亦友的张九龄离京，王维倍感失落，心中不平。

　　朝堂之上从来都不缺少纷争，张九龄与李林甫同朝为相，李林甫任人唯亲、祸乱朝纲，而张九龄任人唯贤，从不趋炎附势。在任用胡将、对待安禄山势力、选拔人才等方面，李林甫与张九龄多有意见不合的情况。直到张九龄举荐的周子谅在上奏弹劾不胜其任的胡人宰相牛仙客时触怒唐玄宗，李林甫趁机打击张九龄，最终，张九龄因"贡举非其人"被贬荆州长史。

　　王维因张九龄的提拔而得到重用，听闻张九龄被贬的消息，王维顿觉失去了实现政治理想的希望。当许多人担心受到牵连而避之不及时，王维丝毫不惧，他在写给张九龄的《寄荆州张丞相》一诗中

提道:"举世无相识,终身思旧恩。"感谢张九龄对自己的知遇之恩,表达了终身追随张九龄的愿望。

张九龄在收到王维的诗后,随和一首《答王维》寄予王维:

荆门怜野雁,湘水断飞鸿。

知己如相忆,南湖一片风。

王维视张九龄为恩师,张九龄称王维为知己,两个诗文俱佳、政治理想相同的人,在奸臣当道的政治环境下备受打击,一个又生退隐之心,一个被贬谪在外,实在令人唏嘘。

在张九龄被贬之时,王维毫不忌讳地表达感恩和追随之情。或许是这份真挚感动了唐玄宗,也或许是唐玄宗对张九龄的贬谪心中有愧,在这场政治风波中,王维并没有因明确表明立场而获罪,反而升任监察御史,后出使凉州。

第四章
复出仕·衣冠不改鸿鹄志

诗歌欣赏

寄荆州张丞相

王维

所思竟何在,怅望深荆门。

举世无相识,终身思旧恩。

方将与农圃,艺植老丘园。

目尽南飞鸟,何由寄一言。

自在诗佛 **王维**
行到水穷处，坐看云起时

赏析

　　这首诗是王维在右拾遗任上所作，当时张九龄被贬为荆州长史，王维作此诗感谢张九龄的知遇之恩，并表达了追随之意。

　　首四句写知遇之恩。诗人在张九龄被贬离京后心中苦闷，向着荆州的方向遥望，询问自己所思念的人现在在哪里。很显然诗人无法得到回应，这就更增加了诗人的伤感之情。天下之大，可是赏识诗人的人只有张九龄，这样珍贵的知遇之恩令诗人终生难忘。

　　末四句写追随之意。张九龄的离开，似乎带走了诗人所有为官的热情，诗人也想隐居田园，农耕以终老。大雁南飞，渐行渐远，不知道能不能将这份追随的心意带给张

第四章
复出仕·衣冠不改鸿鹄志

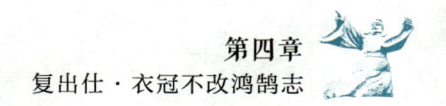

九龄。

　　本诗情感真挚，深刻地表达了对张九龄的怀念、感恩和想要追随之情。张九龄远离长安后，朝廷奸臣当道，此后，王维对政治环境越来越没有信心，无奈半官半隐。

第五章

进退间·心系山野身在朝

王维由右拾遗改任监察御史后的几年间，先后出使河西、岭南、榆林等地，出使在外的经历铸就了王维雄浑壮阔的边塞诗风，同时他有了更多机会与佛家结缘，此时的王维虽然在朝为官，内心却早已向往着归隐山野的生活。他那一篇篇动人的山水诗作既表达了寄情山水的追求，也透露出自己对于进与退的犹豫。

出使塞外，铸雄浑诗风

开元二十五年（737 年）夏天，王维以监察御史的身份出使河西。新的任命到底是朝廷的重用还是被排挤出京，王维不得而知，但出使塞外对王维来说是一次前所未有的经历，他的内心充满期待。

王维虽然常以文弱书生的形象示人，但他内心始终有边塞情结，年轻时也经常有描写边塞情景的诗作，此番亲临塞外烽烟之地，是一次难得的体验。

朝廷派王维出使河西，主要任务是慰问军队。当时的河西节度使崔希逸率领大唐的军队在青海一带与吐蕃（古代藏族在青藏高原建立的政权）军队交战并获得胜利，捷报传来朝廷上下备受鼓舞，王维此行便肩负着劳军的重任。王维怀着激动的心情向河西一带进发，当他行至居延泽一带时，被眼前的边塞风景所震撼，当他看到辽阔的天

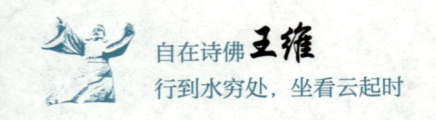

空、北归的大雁，以及悲壮的大漠、烽火时，不由得感叹塞上风景与自己想象的完全不同，眼前所见之景虽然苍凉，却蕴含着一股惊心动魄的力量，王维饱含激情地写下了一首脍炙人口的《使至塞上》：

　　　　单车欲问边，属国过居延。
　　　　征蓬出汉塞，归雁入胡天。
　　　　大漠孤烟直，长河落日圆。
　　　　萧关逢候骑，都护在燕然。

王维在这首诗中记录了自己出使塞外在路上的所见所闻，他将自己比喻成"征蓬"，第一次离开大唐的土地。当他被塞外风景所吸引时，写出了"大漠孤烟直，长河落日圆"这样既唯美又雄浑壮阔的经典诗句。走到萧关的时候遇到了军队的骑兵，士兵告诉王维，他们的主帅大获全胜，如今仍在前线未归。王维得到这样的消息，内心充满着惊喜与自豪，兴高采烈地继续向前赶路。

很快王维一行人便到达了河西节度使幕府的所在地凉州（今甘肃武威），节度使崔希逸热情地款待了王维。王维的官职等级并不高，但他的诗作早已名扬天下，所以朝廷官员大多对他礼遇有加。从未见过军旅景象的王维这一次真正开阔了眼界，崔希逸十分欣赏王维的才华，索性邀请王维进入自己的幕府，担任河西节度判官，对此王维也十分满意。军旅生活激起了王维内心埋藏已久的豪情，他整天处理军旅事务，跟随崔希逸四处巡查。一次他看到了边关将士策马围猎的场景，即兴写下了《观猎》一诗：

> 风劲角弓鸣,将军猎渭城。
> 草枯鹰眼疾,雪尽马蹄轻。
> 忽过新丰市,还归细柳营。
> 回看射雕处,千里暮云平。

这首诗中王维将这场围猎分成了两部分,前半部分写将军打猎时的英勇、娴熟、从容,后半部分则写了打猎归去时意气风发的喜悦心情。

节度使崔希逸亲自领略了王维在写诗上的才华,对王维愈发钦佩,每次有重大军事行动时,总是邀请王维写上一两首诗作。王维也十分愿意写一些边塞风格的作品,又如他的《出塞作》:

> 居延城外猎天骄,白草连山野火烧。
> 暮云空碛时驱马,秋日平原好射雕。
> 护羌校尉朝乘障,破虏将军夜渡辽。
> 玉靶角弓珠勒马,汉家将赐霍嫖姚。

这首诗的描写更为精彩,王维不仅写出了将士们塞上打猎时飒爽英姿的情态,还将作战时大胜而归的情景表现了出来,最后从朝廷的角度赞扬了将士们的功绩,并且要赐予他们"霍嫖姚"的称号。这样的诗作对于鼓舞士气有非常重要的作用。

王维将塞外军旅生活的所见所闻所感都写进诗作中,给人以雄

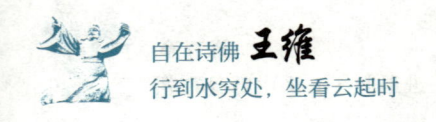

浑辽阔之感。在一次军事作战过程中，王维写过一首《陇西行》：

> 十里一走马，五里一扬鞭。
> 都护军书至，匈奴围酒泉。
> 关山正飞雪，烽戍断无烟。

诗中并未明写战斗的激烈场面，但字里行间让人们感受到了边关的紧急与凝重，给人以无限遐想。

崔希逸没有想到，王维作为一介书生，胸中竟然有这般丘壑，笔下更是有无限豪情，不由得让他喜出望外。然而没过多久，朝廷任命崔希逸为河南尹，他很快就离开了凉州，王维对此十分意外。节度使既然已经离开，在他的幕府中任职已经毫无意义，于是在开元二十六年（738年），王维也返回了长安。

虽然这次出使塞外时间并不长，但这难得的经历给王维的一生都带来了重要影响，从此，王维开创了自己独具特色的边塞诗风。

第五章
进退间·心系山野身在朝

诗歌欣赏

老将行

王维

少年十五二十时，步行夺得胡马骑。

射杀中山白额虎，肯数邺下黄须儿。

一身转战三千里，一剑曾当百万师。

汉兵奋迅如霹雳，虏骑崩腾畏蒺藜。

卫青不败由天幸，李广无功缘数奇。

自从弃置便衰朽，世事蹉跎成白首。

昔时飞箭无全目，今日垂杨生左肘。

路旁时卖故侯瓜，门前学种先生柳。

苍茫古木连穷巷，寥落寒山对虚牖。

誓令疏勒出飞泉，不似颍川空使酒。

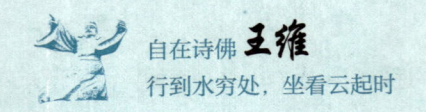

自在诗佛 王维
行到水穷处，坐看云起时

贺兰山下阵如云，羽檄交驰日夕闻。

节使三河募年少，诏书五道出将军。

试拂铁衣如雪色，聊持宝剑动星文。

愿得燕弓射天将，耻令越甲鸣吴军。

莫嫌旧日云中守，犹堪一战取功勋。

第五章
进退间·心系山野身在朝

赏析

　　王维在崔希逸幕下任河西节度判官期间，作下这首《老将行》。

　　这首诗描述了戍守边塞的一位老将的经历。诗的前十句写老将年少时像李广一样能征善战，功勋卓著。随后，诗人借用李广和卫青不同的遭际，来抒发自己对老将时运不济的感慨与同情，并暗示统治者用人的不公。

　　中间十句讲述了老将远离战场、沦落为门前冷落的耕夫后的悲凉惨寂，"苍茫古木""寥落寒山"，如此炎凉世态却没有击垮老将的意志。

　　最后十句，以边关战况凶险、老将决心

未改，来表达诗人自己仍愿意为国建功的态度和希望。"羽檄交驰""试拂铁衣"等句，张弛有度，富于传神。

全诗对仗工整，既洋溢着爱国激情，又流露出苍凉悲壮的情绪，读来令人感慨至深。

二使岭南，悟南宗禅理

王维自河西回到长安后仍然担任监察御史，大约度过了两年的时光。开元二十八年（740年），王维被授予殿中侍御史，这一年的冬天知南选。"南选"是唐朝设置的一种铨选官员的制度，由于岭南偏远地区的读书人很少愿意北上参加科考，朝廷为了地方的管理和社会稳定，就定期派出补选使到岭南一带同当地的督府长官一起直接选拔官员，王维就是以补选使的身份前往岭南的。

从长安到岭南路途遥远，一路需要经过南阳、襄阳、郢州、夏口等地，但王维并不觉得辛苦。他首先到达了南阳，并与临湍驿的神会和尚讨论佛法。王维问神会和尚，众生是不是经过修习就能得到解脱？神会和尚说，众生的本性原本就是清净的，只要在日常生活中随心而修，就能够解脱世间的一切烦恼，刻意修习反而是"妄心"，并

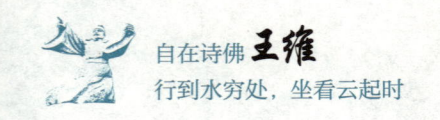

不能达到领悟佛法的目的。王维听了神会和尚的观点，茅塞顿开，大为激赏，感慨自己修为尚浅。

王维从少年时代起深受儒家、佛家思想影响，如今虽然身为朝廷官员，但内心却是一个虔诚的佛教徒，对于佛学禅理倾心仰慕。后来王维自号"摩诘居士"，可见他与佛家有着不解之缘。

久在朝廷中任职，偶尔有机会外任领略山川名胜，也是一件让人兴奋的事情。王维途经襄阳时，心情大好，写了一首《汉江临眺》：

> 楚塞三湘接，荆门九派通。
>
> 江流天地外，山色有无中。
>
> 郡邑浮前浦，波澜动远空。
>
> 襄阳好风日，留醉与山翁。

王维笔下的汉江雄浑壮阔、气势磅礴，他用简洁的语言勾勒出了一幅动人的山水画卷。尤其是"江流天地外，山色有无中"两句历来被世人所称道，他用独特的构思描写了山明水秀、浩瀚无垠的南国风光。

王维见到眼前的美景，自然想到了这里的两位老朋友，他准备顺路拜访对自己有知遇之恩的张九龄以及居住在襄阳的大诗人孟浩然。遗憾的是，当他到达两人的居所时，得到的是张九龄、孟浩然已经在不久前去世的噩耗。王维十分悲痛，深情悼念两位老友。

王维肩负"知南选"的重任，朝廷要求当年五月三十日到省，十月三十日需要到达选所，并于次年正月三十日内铨选完毕，于是他不

第五章
进退间·心系山野身在朝

敢懈怠，一路向南到达了目的地桂州。经过三个多月的铨选，王维顺利完成任务，并于开元二十九年（741年）的春天离开岭南北归。

在北归途中，王维先去了润州江宁的瓦官寺谒见璿禅师，并写下了《谒璿上人》一诗：

> 少年不足言，识道年已长。
> 事往安可悔，余生幸能养。
> 誓从断臂血，不复婴世网。
> 浮名寄缨珮，空性无羁鞅。
> 夙承大导师，焚香此瞻仰。
> 颓然居一室，覆载纷万象。
> 高柳早莺啼，长廊春雨响。
> 床下阮家屐，窗前筇竹杖。
> 方将见身云，陋彼示天壤。
> 一心在法要，愿以无生奖。

这首诗可以说是王维对于自己前半生修习佛法的总结，是他思想转变的重要标志。此前的王维虽然倾慕佛法，但并未让其占据主导地位，仍然是以儒家出仕思想为主。但在这首诗中，王维感慨自己识道已晚，后悔此前在尘世中浪费的时光，实际上是否定了自己多年来的仕途生涯。与此同时，他也表达了准备舍弃世间的名利、希望早日遁入空门、一心事佛的愿望。

此时的王维已经四十一岁，思想发生了重大转变，虽然他没有真

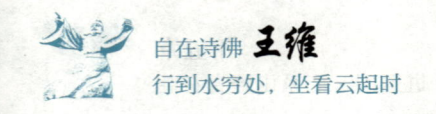

正离开朝堂,但内心向往的是退隐园林,过清静无为的生活。然而,儒释道思想对王维都产生了一定的影响,导致他在此后的岁月里,长期处于一种"半官半隐"的矛盾状态,这也为他日后隐居终南山,营建辋川别业埋下了伏笔。

第五章
进退间·心系山野身在朝

诗歌欣赏

送沈子归江东

王维

杨柳渡头行客稀，罟师荡桨向临圻。

唯有相思似春色，江南江北送君归。

赏析

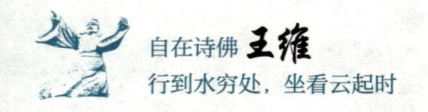

这首诗创作于王维"知南选"南下途中,描写了在长江边送别友人时的情景。

当时的王维外出公干,行至长江一带遇到了老朋友,让人喜出望外。在得知朋友要回江东,王维亲自到渡口相送,表达对友人的牵挂。全诗浅显易懂,语言明快,前两句交代了当时的场景,后两句则饱含真情地送上了对朋友的祝福,作者将自己的思念之情比作生机勃勃的春天,无论是经过江南还是江北,老友回江东的路上所见到的春色,都是作者对他的思念。

王维的诗作大多清新明丽,虽然言简意赅,却情景交融,意蕴丰富,充满了动人的艺术魅力。

隐居终南，宠辱不惊，自得其乐

　　王维知南选任务完成后回到长安复命，此后的一段时间并没有太多公务要忙，于是他来到了长安城南的终南山，为自己物色了一处别业，开始了自己半官半隐的生活。

　　王维之所以选择隐居，一方面是李林甫在朝廷大权独揽，朝政腐败，令他有些心灰意冷；另一方面则是遵从自己内心的选择，追求清静无为的生活。终南山距离长安城并不是很远，交通也十分便利，如果有公务王维就前往长安城办公，闲暇时就回到终南山隐居，倒也十分自在。

　　终南山峰峦叠翠、风景秀美、气候宜人，十分适合居住，有很多官员都会选择在这里建造别业。与此同时，名山必有僧侣道人，终南山上有许多寺院和道观，这让王维更加向往。所以，当他开启终南山

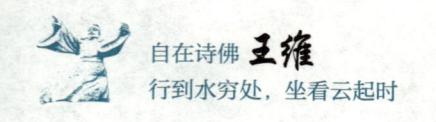

隐居的生活后，心境更加平和，每日只在清静幽雅的环境中弹琴、写诗、参禅、悟道，自得其乐。在这期间，他写过一首《终南山》：

> 太乙近天都，连山接海隅。
> 白云回望合，青霭入看无。
> 分野中峰变，阴晴众壑殊。
> 欲投人处宿，隔水问樵夫。

这首诗中王维描写了终南山高耸入云的壮观景象，这里景色奇绝，却又靠近长安帝都，真是一处妙地。王维看到白云合拢，山岚浮动，山谷随着阴晴不定的气候表现出的不同的情态，心情豁然开朗。在王维的笔下，不光自然景色，这里的人也显得和谐美好，当他想找一处人家投宿时，便向一河之隔的樵夫寻求帮助，整个情景俨然一幅宁静和谐的山水画卷。

隐居在终南山的王维享受着轻松自在的生活，但是朝廷并没有忘记他。天宝元年（742 年），王维被任命为左补阙，成为皇帝身边的谏官。这虽然算是一次重用，但官场对王维已不再具有吸引力，他更加向往隐居终南山的生活，后来王维又得到了宋之问的别墅，并在此基础上加以营建，命名为辋川别业。王维为自己寻得了一处心灵栖息地，在这里，他的山水田园诗创作达到了顶峰。

诗歌欣赏

终南别业

王维

中岁颇好道,晚家南山陲。

兴来每独往,胜事空自知。

行到水穷处,坐看云起时。

偶然值林叟,谈笑无还期。

自在诗佛 **王维**
行到水穷处，坐看云起时

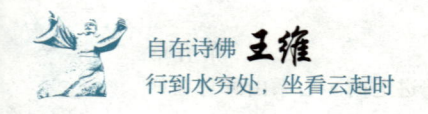

赏析

  这首诗创作于王维隐居终南山期间，是他典型的山水田园诗代表作。这一时期的王维，思想发生了重大转变，他追求清净隐逸的生活，又不得不在朝廷中任职，所以处于一种"半官半隐"的状态。

  诗的开头两句作者表明心迹，从中年时期就开始对俗世感到厌倦，只想一心向佛，所以晚年的时候归隐在了终南山。

  颔联描写了在终南山的生活，兴致高时总是自己独来独往地去游玩，快乐的事情只有自己知道，但这已经足够了。

  颈联表面上是写诗人游览时的情景，实则有更深层的含义，诗人随意行走到水流穷

第五章
进退间·心系山野身在朝

尽的地方，似乎已经无路可走了，但他反而淡然安坐，悠然欣赏着天边的云卷云舒，这是一种历经生活沧桑后拥有的大智慧，富含着无穷的人生哲理。

尾联两句写作者与人交往的情景，在山林中遇到了老叟，两个人谈天说地，毫不拘束，以至于忘记了回家的时间，这一画面充满了浓厚的生活气息。

纵观全诗，诗人塑造了一位隐逸者的悠然自得和豁达淡然的心境，平淡自然的语言信手拈来，正是诗人隐居终南山的真实写照。

畅游辋川，弹琴赋诗，啸咏终日

　　王维从天宝三载（744年）开始营建辋川别业，最初是为了给他母亲奉佛持戒之用，后来逐渐成为自己隐居的处所。辋川别业竣工后，王维便经常到这里游览、小憩。

　　辋川别业在蓝田县，相比于王维在终南山的住所距离长安要更远一些，所以王维并不是整天都居住在辋川别业，只有公务不太繁忙时才会到辋川别业畅游。

　　王维的辋川别业建造得确实很完美，根据他自己的《辋川集》中的记载，整个山庄有二十处著名的景点，王维还将这二十景绘制成了《辋川图》，可惜没能流传下来。《辋川集》序中记载：

　　余别业在辋川山谷，其游止有孟城坳、华子冈、文杏馆、斤竹

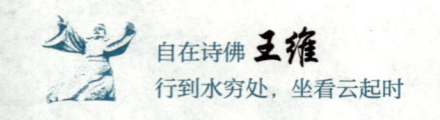

岭、鹿柴、木兰柴、茱萸沜、宫槐陌、临湖亭、南垞、欹湖、柳浪、栾家濑、金屑泉、白石滩、北垞、竹里馆、辛夷坞、漆园、椒园等，与裴迪闲暇，各赋绝句云尔。

通过这些充满着诗情画意的地名就能感受到辋川别业规模之大、风景之美。

在辋川，王维有一位十分要好的朋友名叫裴迪，就是在王维诗作中经常出现的"裴秀才""裴十"。王维之前在终南山隐居的时候就与裴迪相识，如今又都在蓝田辋川定居，果真缘分不浅。王维和裴迪志趣相投，经常一起饮酒写诗，相互酬唱，结下了深厚的情谊。在辋川别业闲居的日子里，他们两个人一起游览了辋川别业的每一处景点，并为每一处景点各写了一首绝句，后来王维将这些诗作整理成了《辋川集》。王维的二十首绝句中，最脍炙人口的当数《鹿柴》和《竹里馆》：

空山不见人，但闻人语响。
返景入深林，复照青苔上。

——《鹿柴》

独坐幽篁里，弹琴复长啸。
深林人不知，明月来相照。

——《竹里馆》

第五章
进退间·心系山野身在朝

《鹿柴》中，作者描写了空山寂静，只闻人声不见人的情景。夕阳金黄的余晖照进密林，映射在青苔之上，更加让人感到幽静和谐。

《竹里馆》则描写了作者在月夜独坐竹林之中，一边弹琴一边吟啸高歌，十分悠闲惬意，竹林茂密，无人知道自己在林中，只有明月静静相伴。

裴迪除了与王维互相唱和诗词外，也是一个虔诚的佛教徒，因而两个人有了更多的精神交流。王维在辋川别业的日子里，身边几乎总是有裴迪的身影。闲暇时，两个人也总是相约同游辋川别业附近的寺院。

一个冬日的一天，天气十分晴朗，王维到裴迪家中准备约他同去游玩，但走到裴迪家门口发现他正在端坐温经，王维不忍心打扰他，就独自回家了。但是没能约上好友始终有些不自在，就写了一篇《山中与裴秀才迪书》：

近腊月下，景气和畅，故山殊可过。足下方温经，猥不敢相烦，辄便往山中，憩感配寺，与山僧饭讫而去。北涉玄灞，清月映郭。夜登华子冈，辋水沦涟，与月上下。寒山远火，明灭林外。深巷寒犬，吠声如豹。村墟夜舂，复与疏钟相间。此时独坐，僮仆静默，多思曩昔，携手赋诗，步仄径，临清流也。当待春中，草木蔓发，春山可望，轻鲦出水，白鸥矫翼，露湿青皋，麦陇朝雊，斯之不远，倘能从我游乎？非子天机清妙者，岂能以此不急之务相邀。然是中有深趣矣！无忽。因驮黄檗人往，不一，山中人王维白。

王维这篇文章是随手写给裴迪的一封信，却成就了一篇精彩的山水散文。文章中记录了王维夜游华子冈的情景。这篇文章充分表现了王维闲居辋川别业的生活，他将生活与艺术融合在一起，将内心隐逸淡然的追求体现得淋漓尽致。辋川闲居的日子是王维生命中最惬意的时光，辋川别业是他"半官半隐"状态下美好的精神家园。

天宝四载（745年），四十五岁的王维被授予侍御史，出使榆林、新秦二郡。这次出使仍然是塞北烽烟之地，但王维的心境和几年前出使河西时完全不同，这一次王维没有了当年的激情，他感受到的只有孤独凄清，心情并不是很好，所写的诗作也大多表现愁苦、荒凉之感。

天宝五载（746年），王维再次回到长安，转任库部员外郎。在外任职不到一年的时间，王维再次回到了想念已久的辋川别业，写下了这首《辋川别业》：

> 不到东山向一年，归来才及种春田。
> 雨中草色绿堪染，水上桃花红欲然。
> 优娄比丘经论学，伛偻丈人乡里贤。
> 披衣倒屣且相见，相欢语笑衡门前。

很显然，归来之后的王维心情大好，他细数着离开辋川的日子，归来时还赶上了耕种春田，雨中的青草、水上的桃花都让他牵挂多时。更让他高兴的是他又能与高僧讨论佛学，与邻里乡亲们寒暄问候

第五章
进退间·心系山野身在朝

了。当大家得知他回到辋川时，全都急着披上衣服穿上鞋子来欢迎他，哪怕鞋子穿倒了也全然不顾。王维兴高采烈地与人们谈笑着，他终于再次回到了让自己心灵得以栖息的处所。

自在诗佛 王维
行到水穷处,坐看云起时

诗歌欣赏

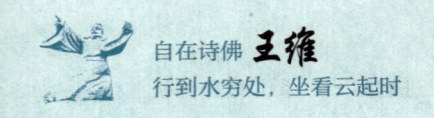

辋川闲居赠裴秀才迪

王维

寒山转苍翠,秋水日潺湲。

倚杖柴门外,临风听暮蝉。

渡头余落日,墟里上孤烟。

复值接舆醉,狂歌五柳前。

赏析

　　这首诗是作者在辋川别业隐居时与他的好朋友裴迪之间的唱和之作，从题目来看作者当时"闲居"辋川，是十分惬意的。这首诗表现了王维悠然的生活情趣。

　　首联诗人交代了当时的季节，寒山逐渐变得深绿，秋水缓慢地流淌，时节已是深秋。

　　颔联则描写了诗人自己当时的情态，诗人手持竹杖站立在柴门之外，独自迎着晚风聆听寒蝉鸣叫。这两句诗描写的场景虽然冷清，但诗人十分享受这一刻，心情是非常愉悦的。

　　颈联中诗人将画面拉向远方，只见渡口

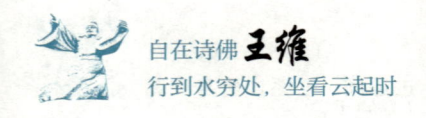

映着金黄的斜晖，村庄里升起人们做饭的炊烟。此情此景让人感到无限和谐美好。

在尾联诗人又遇到了老朋友裴迪，他将裴迪比作春秋时期的名人接舆，将自己比作五柳先生陶渊明，两个人相见后不妨开怀痛饮，醉酒狂歌，好不惬意。

王维与裴迪有着十分深厚的友谊，他们共同隐居在辋川，"浮舟往来，弹琴赋诗，啸咏终日"，成了彼此的知己。这首诗表现了王维高洁的志趣，将景物和人物完美融合，达到了情景交融的艺术境界。

作应制诗，心系山野身在朝

自回到辋川后，王维来往于辋川别业和长安之间，过着仕隐两得的生活。

在长安城中，王维虽不算是炙手可热的红人，却也是名副其实的诗坛名人。人到中年的他心态不同于年轻时，他厌倦了周旋于王孙贵族之间，只愿意做好本职工作，剩余的时间则流连于辋川别业间，与友酬唱，以诗娱情。

在官场上，作应制诗是王维分内的事。应制诗又叫应和诗，是指古代大臣应皇帝诏命所作的诗。唐朝时期流行君臣唱和，如李白、苏颋等诗人都有过作应制诗的经历，王维也不例外。这一时期，他频繁参加宫苑游宴、政务活动、祭祀典礼等，并作应制诗去吟诵大唐盛世气象、歌咏皇室功德。

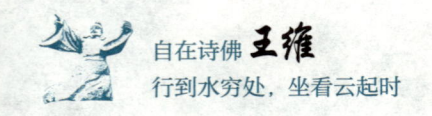

比如，《奉和圣制从蓬莱向兴庆阁道中留春雨中春望之作应制》就是王维描写唐玄宗阁道出游的一首应制诗。诗中将长安城清丽春景、大唐宫苑的巍峨壮丽、唐玄宗出游的浩大阵仗逐一展现在读者面前：

渭水自萦秦塞曲，黄山旧绕汉宫斜。
銮舆迥出千门柳，阁道回看上苑花。
云里帝城双凤阙，雨中春树万人家。
为乘阳气行时令，不是宸游玩物华。

古时，三月三日是上巳节，这一天皇帝、妃嫔及大臣们云集曲江池畔，共行祓禊之礼，斋祭、沐浴，希望能祛病除害。这一节日在唐朝时期也备受重视。唐天宝元年后，王维曾作下多首与三月三有关的应制诗。比如，天宝元年（742年），他曾作《三月三日曲江侍宴应制》一诗描述上巳节时君民同乐的热闹景象：

万乘亲斋祭，千官喜豫游。
奉迎从上苑，祓禊向中流。
草树连容卫，山河对冕旒。
画旗摇浦溆，春服满汀洲。
仙藥龙媒下，神皋凤跸留。
从今亿万岁，天宝纪春秋。

第五章
进退间·心系山野身在朝

《三月三日勤政楼侍宴应制》也是王维以三月三上巳节为主题创作的一首应制诗：

> 彩仗连宵合，琼楼拂曙通。
> 年光三月里，宫殿百花中。
> 不数秦王日，谁将洛水同。
> 酒筵嫌落絮，舞袖怯春风。
> 天保无为德，人欢不战功。
> 仍临九衢宴，更达四门聪。

除作应制诗，王维和同僚之间也互相赠诗，在一赠一和间联络感情、加强信任。这在仕进之路上是免不了的事情。

比如，王维曾作诗赠给李林甫的书记官苑咸，即《苑舍人能书梵字兼达梵音，皆曲尽其妙，戏为之赠》：

> 名儒待诏满公车，才子为郎典石渠。
> 莲花法藏心悬悟，贝叶经文手自书。
> 楚词共许胜扬马，梵字何人辨鲁鱼。
> 故旧相望在三事，愿君莫厌承明庐。

这首诗笔调轻快，表达了王维对苑咸学识和才智的赞美。诗的最后，王维谦卑地说，希望您不要厌烦我的祝福和关怀。

苑咸也作《酬王维》一诗回赠：

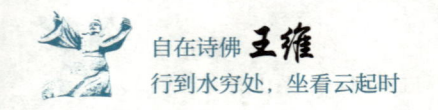

> 莲花梵字本从天，华省仙郎早悟禅。
> 三点成伊犹有想，一观如幻自忘筌。
> 为文已变当时体，入用还推间气贤。
> 应同罗汉无名欲，故作冯唐老岁年。

苑咸倾慕王维的诗歌才华，赞美他无欲无求、宁静致远、一心向佛的人生态度。

看到苑咸的回信，王维感慨不已，又写下《重酬苑郎中》一诗表达感激之情：

> 何幸含香奉至尊，多惭未报主人恩。
> 草木岂能酬雨露，荣枯安敢问乾坤。
> 仙郎有意怜同舍，丞相无私断扫门。
> 扬子解嘲徒自遣，冯唐已老复何论。

王维与苑咸之间的数首唱酬诗作虽然有一定的客套成分，却也包含着惺惺相惜之情。

每次忙完公务后，王维便迫不及待地回到辋川别业，享受难得的清净时光。在这里，时光似乎都变得慢了下来，王维将长安俗务一概放下，只陶醉于眼前风景。心无杂念，便格外轻盈。他守着家人，慢度山中岁月，静看花开花落。

诗歌欣赏

奉和圣制从蓬莱向兴庆阁道中留春雨中春望之作应制

王维

渭水自萦秦塞曲,黄山旧绕汉宫斜。

銮舆迥出千门柳,阁道回看上苑花。

云里帝城双凤阙,雨中春树万人家。

为乘阳气行时令,不是宸游玩物华。

赏析

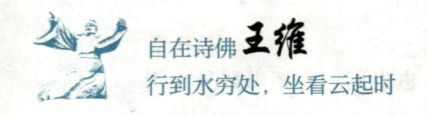

这首诗是应制诗中的典范之作。全诗用词讲究、华丽，给人以典雅庄重、华贵雍容之感，有着很高的艺术水平。

诗开篇二句写景，诗人由阁道中向西北方向远眺，只见渭水曲折地流经秦地。"秦塞""汉宫""黄山"等词，增强了时空感，给人时空交错、雄阔辽远之感。

三、四句描写阁道上的皇帝车驾，并由远及近，将视角拉回近景，由皇帝车驾写到宫门高柳、上苑繁花，将一幅生机勃勃的春景展现在读者面前。

四、五句描写诗人回看长安城，只见宫城巍峨壮阔，城中房舍、街道、门前春树都

沐浴在春雨中，更显得生机勃发。

末尾两句点题，拔高立意，说明此次天子出游并不只是为了访山问水，而是顺天道而行时令。

整体而言，诗人用雄浑笔势和明丽的语言基调，勾勒出一派祥瑞的大唐盛景和美好氛围，令读者向往不已。

山水诗才，誉满天下

　　天宝七载（748年），四十八岁的王维被朝廷升迁为库部郎中。王维早已对官场失去了热情，所以对于职位升迁并不是很在意。此时，他的山水田园诗作早已名扬天下，深受世人追捧。

　　王维多年来创作了许多经典的田园诗，这些作品都是他自我生活的写照，但不经意间却传达出了能够引起人们共鸣的情感。王维山水田园诗中所描绘的场景，正是人们心灵向往的境界。

　　王维的田园诗作品数量众多，其中最具代表性的当数他隐居辋川别业时创作的《山居秋暝》，这首诗描绘了一幅清秋雨后的山村图景：

　　　　空山新雨后，天气晚来秋。

　　　　明月松间照，清泉石上流。

>　　竹喧归浣女，莲动下渔舟。
>
>　　随意春芳歇，王孙自可留。

　　山是空山，雨是新雨，雨过初晴，秋高气爽。已是傍晚时分，晓月初上，月光照在了幽静的松树间，清泉涓涓流淌，不断冲刷着山前的石头。短短四句诗，动静结合，让人感受到的是一派清幽明净的自然之美。随后两句写人，但又不直接描写，诗人通过竹林深处的喧闹判断出洗衣服的女子归来了，荷塘中莲叶晃动是渔民乘着小舟在荷塘中穿行。面对如此和谐美好的场景，诗人再一次对自己进行了发问。看似是发问，其实作者给出了肯定的回答：如今春天的芳菲早已远去，但那并不重要，即便在这明净的秋日，王孙也可以留下来啊！这里的王孙指的是作者自己，他对田园隐居的一切都饱含着热爱。

　　王维所作的山水纪游诗也是一绝。天宝元年（742年）后，王维经常和友人外出游玩，访山问水，并作下一首首格外出彩的山水纪游诗篇。比如，王维曾与裴迪同游感化寺，并作《过感化寺昙兴上人山院》一诗记录爬山的乐趣，刻画幽静的山景：

>　　暮持筇竹杖，相待虎溪头。
>
>　　催客闻山响，归房逐水流。
>
>　　野花丛发好，谷鸟一声幽。
>
>　　夜坐空林寂，松风直似秋。

第五章
进退间·心系山野身在朝

王维还曾与其弟王缙、好友王昌龄等人同游长安郊外山上的青龙寺，并作《青龙寺昙璧上人兄院集》一诗记录此次出游经历：

高处敞招提，虚空讵有倪。
坐看南陌骑，下听秦城鸡。
眇眇孤烟起，芊芊远树齐。
青山万井外，落日五陵西。
眼界今无染，心空安可迷。

王维在某次出游时经过蓝田山石门精舍有感而发作下的《蓝田山石门精舍》一诗也十分经典：

落日山水好，漾舟信归风。
探奇不觉远，因以缘源穷。
遥爱云木秀，初疑路不同。
安知清流转，偶与前山通。
舍舟理轻策，果然惬所适。
老僧四五人，逍遥荫松柏。
朝梵林未曙，夜禅山更寂。
道心及牧童，世事问樵客。
暝宿长林下，焚香卧瑶席。
涧芳袭人衣，山月映石壁。

| 自在诗佛 **王维**
行到水穷处，坐看云起时

再寻畏迷误，明发更登历。

笑谢桃源人，花红复来觌。

  诗中，王维描写了自己在黄昏时分驾舟出游，两岸风景秀丽，奇趣不断，微风拂面，凉快舒适，这一切令他心情大好，惬意至极。不知不觉间，小舟到达山寺，王维下船登岸，好奇地观察着周围，只见四五个僧人悠闲地站在松柏下，他们周身都萦绕着一股宁静的气息。山寺环境清幽，王维感觉自己仿佛身处桃花源中。这天夜里，王维宿在山寺，他闻着枕边传来的若有若无的熏香气味，听着阵阵虫鸣声，慢慢进入梦乡。到了黎明时分，王维恋恋不舍地离开山寺，盼着来年再重回此地游历。

  王维越来越享受徜徉于山水、田园中的时光。虽然一直以来，王维从未真正归隐田园，他脑海里始终存在着"留与不留""退与不退"的纠结，但此时的王维，归隐的意愿更为强烈，所以在他笔下，诞生出了一篇篇动人的山水诗篇，呈现了一幅幅动人的唯美画卷。

第六章
离别苦·西出阳关无故人

母亲离世，好友离散，几近暮年的王维饱尝离别之苦。还没来得及走出悲痛，又逢国难，山河破碎，硝烟四起，因来不及奔逃而被迫做了伪官。人生落魄至极点的王维，只能自剖心迹抒发心中无以言说的苦闷。安史之乱平息后，王维因诗免罪，起起落落，终归平淡。

居母丧，柴毁骨立

天宝九载（750年），王维的母亲去世，遵唐制，王维离朝屏居辋川，丁忧三年。

王维幼年丧父，由母亲含辛茹苦养大成人，与母亲关系亲厚，母亲的去世对王维的打击非常大。丁忧期间，王维并无俸禄，以农耕和采摘野果为生，生活贫苦，加上王维伤心过度，身体每况愈下，形容枯槁、柴毁骨立。

丁忧在家的王维很少出门，他每日翻阅佛经、躬耕田园，几乎不与人来往。每到夜晚，王维倍感孤独，常彻夜独坐，哀思生悲。

亲友担心王维身心难以支撑，常以书信问候，外界的一些新的消息给王维带来了些许情感慰藉。

王维的内弟崔兴宗来信说即将入仕，王维听闻此消息心中倍感欣

慰，作诗《秋夜独坐怀内弟崔兴宗》一首，希望崔兴宗入仕后能有一番作为，但想到自己日渐衰老的身体和孤独的心，又深感失落：

> 夜静群动息，蟪蛄声悠悠。
> 庭槐北风响，日夕方高秋。
> 思子整羽翰，及时当云浮。
> 吾生将白首，岁晏思沧州。
> 高足在旦暮，肯为南亩俦。

友人裴迪、丘为等人相约来辋川看望王维，友人的来访为茕茕孑立的王维带来了欣喜，王维很是感动，作诗《酬诸公见过》记录了此次友人的来访：

> 嗟予未丧，哀此孤生。
> 屏居蓝田，薄地躬耕。
> 岁晏输税，以奉粢盛。
> 晨往东皋，草露未晞。
> 暮看烟火，负担来归。
> 我闻有客，足扫荆扉。
> 箪食伊何，副瓜抓枣。
> 仰厕群贤，皤然一老。
> 愧无莞簟，班荆席藁。
> 泛泛登陂，折彼荷花。

第六章
离别苦·西出阳关无故人

> 静观素鲔,俯映白沙。
> 山鸟群飞,日隐轻霞。
> 登车上马,倏忽云散。
> 雀噪荒村,鸡鸣空馆。
> 还复幽独,重欷累叹。

王维丁忧的岁月孤苦无依,所在的蓝田山土地贫瘠,每日辛苦劳作,日出而作,日落而归,还要缴纳赋税,再拿出一些粮食用于祭祀,吃穿用度十分有限。好友来看望王维,王维只能以粗茶淡饭、野菜瓜果招待。友人相聚自然十分欢乐,但友人离开后,又剩下王维,孤独寂寞之感相较之前更盛。

王维礼佛,心性淡然,但丧母之痛和生活的清贫让丁忧的时光确实倍显孤苦。好在三年时间很快过去了,丁忧结束,王维应诏还朝,复职吏部郎中。

自在诗佛 王维
行到水穷处，坐看云起时

诗歌欣赏

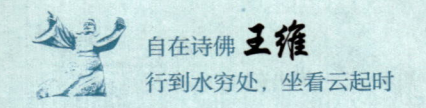

秋夜独坐

王维

独坐悲双鬓，空堂欲二更。

雨中山果落，灯下草虫鸣。

白发终难变，黄金不可成。

欲知除老病，唯有学无生。

第六章
离别苦·西出阳关无故人

赏析

秋日的夜晚，天气清冷，丁忧的王维想起母亲的离世，心中难以释怀，哀愁无处排解，独自哀伤，遂吟此诗。

首四句写萧条寂寞的秋夜景象。王维独自坐在空旷的厅堂内，屋外秋雨淅淅沥沥，山果落下的声音、灯光下草虫的鸣声都清晰可闻，更显得秋夜寂静，夜深难眠。

末四句写哀思与解脱之法。因为哀思过度，王维看着镜中的自己又生出许多白发，心生感慨，时光难以回转，人死不能复生，白发不能变回黑发，丹药无济，要想解除衰老多病的状态，唯有学习佛法才可以。

王维丁忧期间，眼中尽是秋日萧条之

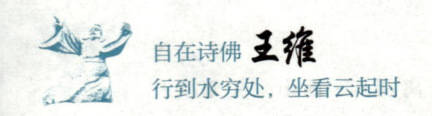

自在诗佛 **王维**
行到水穷处，坐看云起时

景，心中亦充满悲伤之事，悲上加悲。整首诗情感细腻，悲伤情绪溢于言表，但王维并没有沉浸在悲伤中不自拔，而是提出了解决方法，这其实是王维情绪的倾诉和自我纾解。

别离苦，长望泪沾襟

丁忧复职后的王维，刚走出丧母的伤痛，又要承受诸多好友的相继离别之苦。

王维是一个性情中人，看到其他人送别的场景时，他亦感同身受，发出"挥涕逐前侣，含凄动征轮。车徒望不见，时见起行尘。吾亦辞家久，看之泪满巾"（《观别者》）的感慨，足见王维情感的细腻。

人生有聚有散，亲友别离在所难免。与亲友别离时，王维毫不掩饰自己对离别的伤感，但是又总能给友人慰藉。

友人李岠迁任睢阳守，王维为李岠斗酒饯别，想到李岠一路要过槐荫、下通关，心中不忍。王维对友人的报国之心十分敬佩，当时唐朝经济繁荣、百姓安居，李岠能主动为国分忧，出使边塞，报国之心

难能可贵。王维希望李岠能早日回朝，以诗《送李睢阳》相赠，表达了离别伤感之情，但更多的是赞誉、勉励之词：

> 将置酒，思悲翁。使君去，出城东。
> 麦渐渐，雉子斑。槐阴阴，到潼关。
> 骑连连，车迟迟，心中悲，宋又远。
> 周间之，南淮夷。东齐儿，
> 碎碎织练与素丝，游人贾客信难持。
> 五谷前熟方可为，下车闭阁君当思。
> 天子当殿俨衣裳，大官尚食陈羽觞。
> 彤庭散绶垂鸣珰，
> 黄纸诏书出东厢，轻纨叠绮烂生光。
> 宗室子弟君最贤，分忧当为百辟先。
> 布衣一言相为死，何况圣主恩如天。
> 鸾声哕哕鲁侯旗，明年上计朝京师。
> 须忆今日斗酒别，慎忽富贵忘我为。

诗人丘为赴任唐州，王维为丘为送行，作《送丘为往唐州》一诗相赠。王维一面心系友人路途劳累辛苦，一面鼓励友人身为朝廷所赏识的重臣，一定要在任上不负众望，大有作为：

> 宛洛有风尘，君行多苦辛。
> 四愁连汉水，百口寄随人。

第六章
离别苦·西出阳关无故人

> 槐色阴清昼，杨花惹暮春。
> 朝端肯相送，天子绣衣臣。

好友綦毋潜弃官归隐，王维称赞好友拂袖而去的潇洒，羡慕好友能享受大自然的自由，并表示希望有朝一日，自己也能像綦毋潜一样享受山水田园之乐。王维写给綦毋潜的《送綦毋校书弃官还江东》这首送别诗中没有太多愁苦，更多的是对好友的祝愿和对自在生活的畅想：

> 明时久不达，弃置与君同。
> 天命无怨色，人生有素风。
> 念君拂衣去，四海将安穷。
> 秋天万里净，日暮澄江空。
> 清夜何悠悠，扣舷明月中。
> 和光鱼鸟际，澹尔蒹葭丛。
> 无庸客昭世，衰鬓日如蓬。
> 顽疏暗人事，僻陋远天聪。
> 微物纵可采，其谁为至公。
> 余亦从此去，归耕为老农。

好友刘司直、元二都要到安西去戍边，王维送别好友，并将贴切的祝福送到对方心坎里。

王维送别刘司直，告诉对方前路艰辛、边关环境恶劣，不过边塞

自在诗佛 王维
行到水穷处，坐看云起时

也有无限好风光，且放宽心，去征战沙场、建功立业、弘扬国威："苜蓿随天马，蒲桃逐汉臣。当令外国惧，不敢觅和亲。"（《送刘司直赴安西》）

王维送别元二，没有说特别伤感的话，只劝好友有酒当饮，"劝君更尽一杯酒，西出阳关无故人"（《送元二使安西》）

在送别的众多亲友中，有一位国际友人晁衡。晁衡是唐朝时期日本遣唐的留学生，在唐朝学习、为官，长居数十年。晁衡辞官回国之际，王维以诗相送，诗中既有对朋友行海路需乘风破浪的担忧，也有对朋友促进两国友好交流的殷切期盼，既有私交的真挚，又有为国睦邻的大格局：

> 积水不可极，安知沧海东？
> 九州何处远，万里若乘空？
> 向国唯看日，归帆但信风。
> 鳌身映天黑，鱼眼射波红。
> 乡树扶桑外，主人孤岛中。
> 别离方异域，音信若为通。
>
> ——《送秘书晁监还日本国》

王维的一生，写了很多告别诗，亲友入仕、出塞、弃官等，各种情况不一而足。王维看着亲友们去奔赴和追求他们的理想，都会送上诚挚的祝福与关心，而且送别的关切大于悲伤，他总能设身处地地为对方考虑。伤离别，但不悲离别，或许这就是王维的与众不同之处。

第六章
离别苦·西出阳关无故人

诗歌欣赏

送元二使安西

王维

渭城朝雨浥轻尘，客舍青青柳色新。

劝君更尽一杯酒，西出阳关无故人。

赏析

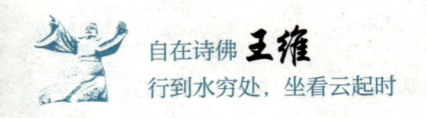

这首是王维写给好友元二的送别诗。此诗又名《渭城曲》《阳关曲》《阳关三叠》。

元二,应为元常,因排行第二,故称。当时元二要到安西服役戍边,王维与元二对饮饯别,在饯别宴上写下了这首诗。

首二句写景。窗外春雨淅淅沥沥,雨水将街道上的灰尘打湿,街道上很干净,空气中散发着泥土的气息,客舍外面的柳树吐出青翠色的枝叶,一片早春景象。

末二句抒情。在春雨绵绵的时节,诗人的好友就要出发到边关戍边了,这一去山高路远,在遥远的边关想要再见到故人就太难了,有太多的话要说但又不知道如何开口,

第六章
离别苦·西出阳关无故人

不如就再多对饮几杯吧,将彼此的情谊都融在这酒中,珍惜当下的相处时光。

这首诗并没有直接写离别的伤感,但让人读后能深深感受到好友之间有千言万语却难开口的不忍离别之情。

遭逢国难，被俘入狱

天宝十四载（755年），安禄山起兵反唐，安史之乱爆发。事发突然，一时间，朝廷上下乱作一团。唐王朝面对来势汹汹的叛军，应对匆忙，加上唐玄宗对战局判断错误，唐军节节败退。

天宝十五载（756年），安禄山改元圣武，自称大燕皇帝。是年夏，唐玄宗带着杨贵妃出逃长安，安禄山攻陷长安。

彼时的王维在长安为官，因整理书籍、安顿家眷来不及出逃，被安禄山的军队擒获，并被押送到洛阳等待安禄山的处置。

遭此劫难，王维惶惶不安。不知道等待自己的将会是怎样的命运。他的心情跌落到谷底，对于前途感到一片迷茫。

安禄山对王维的大名早有耳闻，知道王维是唐朝朝廷内外备受推崇的诗文大家，且官至五品，于是想借助王维的影响力教化地方官员

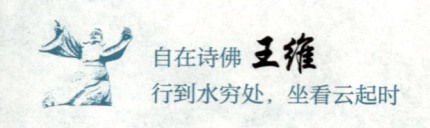

自在诗佛 王维
行到水穷处，坐看云起时

与百姓，逼迫王维为己效力。王维不从，后被关押入狱。

在狱中，王维希望借生病让安禄山放松警惕以伺机逃跑，但事与愿违，安禄山派人将王维关押到洛阳城南的菩提寺，令人严加看守。王维一介书生，出逃无望。

身陷敌营，人生至暗

天宝十五载（756年）的夏天，王维被关押在洛阳菩提寺，寺庙内外到处都是士兵，王维虽然有活动自由，但要逃出寺外，谈何容易。

王维作为文人，有文人不依附权贵、不向奸佞低头的气节，但如今被软禁在寺庙，又有多少人能理解他的处境、相信他的清白呢？百感交集的王维在心中默默祈祷，希望能重回大唐盛世，重回昔日长安城中君臣齐乐的时光。

从夏到秋，王维始终被关在菩提寺中，他不想与安禄山为伍，但安禄山已经等不及了。刚入秋，安禄山就宣告了诏令，王维被迫有了伪任官职，如此，王维"叛国"的罪名坐实了。

昔日的朝臣竟然投靠叛贼安禄山担任伪职，无论是外人评价，还是王维自评，这都是一个人生污点，王维的人生陷入了至暗时刻。

自剖心迹，一诗救一命

　　王维被关押在洛阳菩提寺期间，好友裴迪探听到王维的遭遇后，隐藏身份，几经辗转，终于在菩提寺见到了王维。故人相见，多少情感一并涌上心头。

　　被软禁数月的王维见到裴迪后，向裴迪表明了自己不愿屈服安禄山的心志，渴望大唐依旧，王维自剖心迹成诗（史称"凝碧诗"），吟诵给裴迪听，裴迪将王维的诗牢牢记在心中。告别王维后裴迪就百般筹划，希望可以借助朝廷的力量解救王维。

　　为了帮助王维洗脱伪官的身份，细心的裴迪为王维的"凝碧诗"加了很长的标题，以尽量还原王维所面临的艰难处境，为王维寻得被谅解和搭救的机会。

　　当裴迪将这首诗带给正追随唐肃宗的王缙时，王缙当机立断，将

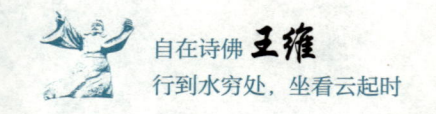

哥哥王维的"凝碧诗"传播出去，让世人，更重要的是让当时的朝廷知道王维任伪官的迫不得已，维护王维的清白，更为日后求得朝廷从轻发落做铺垫。

事实证明，裴迪和王缙的努力没有白费，安史之乱平息之后，朝廷处置乱军、惩治伪官，念及王维始终追随大唐的忠心，加上王缙自削官职力保王维以及朝中一些大臣为王维求情，最终，王维没有被赐死或流放，而是仅作降职处理。王维能从安史之乱中因诗救命、全身而退，实属幸运。

第六章
离别苦·西出阳关无故人

诗歌欣赏

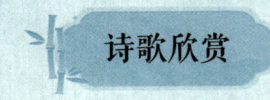

菩提寺禁裴迪来相看说逆贼等凝碧池上作音乐
供奉人等举声便一时泪下私成口号诵示裴迪

王维

万户伤心生野烟,百官何日再朝天。

秋槐叶落空宫里,凝碧池头奏管弦。

自在诗佛 王维
行到水穷处，坐看云起时

赏析

安史之乱期间，王维被安禄山的军队擒获，后被软禁在洛阳菩提寺内，被逼担任安禄山的伪官，这首诗正作于王维被软禁在菩提寺期间。

本诗由王维口述，裴迪记录而成。诗的题目为王维拟、裴迪修饰完善，交代了诗的创作背景：王维被软禁在菩提寺中，裴迪来看望王维，王维向裴迪说起安禄山命唐朝的宫廷乐师奏乐，乐师因不从而被杀害的事情，心有所感，作诗吟诵给裴迪听。

本诗的首二句写山河破碎、盛世不在。战乱之下，城池被毁，千家万户在战火中家毁人亡，诗人见到这样的景象不禁仰天长

第六章
离别苦·西出阳关无故人

问,文武百官什么时候能再次朝见天子呢?这两句表达了诗人对战乱的反对和对唐王朝的拥护。

本诗的末二句写安禄山统治下的宫城现状。秋天的宫城满目萧条景象,安禄山却命人在凝碧池大兴歌舞,字里行间充满了物是人非的伤痛和对安禄山行径的不满。

安史之乱平息后,朝廷处理叛军、伪官,王维有此诗证明其对唐朝的忠心而幸免于重罚。

第七章 入禅定·一山一水一人间

经历了安史之乱的王维惊魂未定，虽然已经被赦免，却因为曾经陷落叛军之手而感到无比羞愧和悔恨，这种心态一直持续到了王维生命的尽头。晚年的王维只愿寻一处清净之所修身入禅，在他临终之前，又尽己所能为国为民做了桩桩善举。一代"诗佛"安然离去，留给后世的是他不朽的诗篇和永恒的人格魅力。

晚年唯好静，万事不关心

　　安史之乱后，王维在亲友的帮助之下得到了唐肃宗的宽恕，他再次回到了辋川别业，此时心境和之前大有不同。总体来说，此时的王维心情是十分低落的，他认为身陷敌营的那段日子是他一辈子也抹不去的污点，所以总是郁郁寡欢，更不想关心俗世的纷纷扰扰。

　　王维的老朋友们得知他已经被释放，纷纷前来看望他，但王维很多时候都是闭门谢客，他希望有更多清净的时间修禅温经，忏悔自己的过失。实际上，王维是有自己的理想抱负的，尤其是他看到大唐王朝经过安史之乱的摧残后元气大伤，十分痛心，也想为了大唐中兴贡献自己的力量，无奈此时的他已经力不从心，只好退隐林泉。就像他在《酬张少府》这首诗中写的一样：

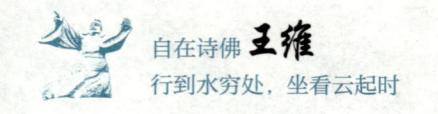

> 晚年唯好静，万事不关心。
> 自顾无长策，空知返旧林。
> 松风吹解带，山月照弹琴。
> 君问穷通理，渔歌入浦深。

王维在晚年追求清静无为的生活状态，朝廷的动向他已经不再过多关注，因为他很清楚自己没有什么高明的计策可以报效国家了，因此又返回辋川别业的山林中。山中无事，任凭松林的微风吹动衣带，在高悬的明月映照下轻抚瑶琴。当张少府向王维问及何为穷困通达的道理时，王维并没有明确回答，只是让对方细细聆听水浦深处的声声渔歌。王维的这番作答看似答非所问，实则营造了一种高妙的人生境界，这是他历经沧桑磨难后得出的大智慧。

当时的京兆尹严武是王维的好朋友，两个人有很深的交情。严武曾不止一次去蓝田辋川别业拜访王维，王维十分热情地接待严武，在一次春天的相会时王维写过一首《晚春严少尹与诸公见过》相送：

> 松菊荒三径，图书共五车。
> 烹葵邀上客，看竹到贫家。
> 鹊乳先春草，莺啼过落花。
> 自怜黄发暮，一倍惜年华。

王维在诗中将严武等人称为"上客"，并以自己特有的方式招待了他们，客人们与他有着相同的志趣，一起欣赏着山庄内的景致，乳

第七章
入禅定·一山一水一人间

鹊、春草、莺啼、落花，沉醉在十分宁静和谐的氛围中。在诗的最后王维还表示虽然如今已经是垂暮之年，自己也会更加珍惜剩下的时光。

王维从少年时代起便离开家乡宦游各地，历经各种仕途上的奔波，到了晚年也勾起了对故乡的思念，就像他在《杂诗（其二）》中所写的：

> 君自故乡来，应知故乡事。
> 来日绮窗前，寒梅著花未？

当他得知故乡有人到来时，殷勤地向对方询问梅花是否已经开放，看似不经意的提问，其实表达了游子对家乡的眷恋，拳拳赤子之心溢于言表。

闲居辋川别业的王维本想以青灯古寺为伴度过余生，但是在唐肃宗乾元元年（758年），王维五十八岁这一年重新被朝廷起用，被授予太子中允一职，加集贤殿学士。这说明唐肃宗不仅宽恕了王维，而且还非常信任他。虽然王维已经对为官没有了太多热情，但能够复官得到朝廷的认可，他还是非常高兴的。

没过多久，王维又升迁为太子中庶子、中书舍人，之后重新被授予给事中。重新被起用后，王维除了处理公务外则是一心向佛，他"居常蔬食，不茹荤血""退朝之后，焚香独坐，以禅诵为事"，这大概就是王维一生所悟的"穷通"之理吧！

自在诗佛 王维
行到水穷处，坐看云起时

诗歌欣赏

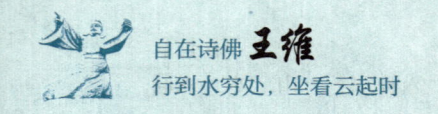

渭川田家

王维

斜阳照墟落，穷巷牛羊归。

野老念牧童，倚杖候荆扉。

雉雊麦苗秀，蚕眠桑叶稀。

田夫荷锄至，相见语依依。

即此羡闲逸，怅然吟式微。

赏析

　　这首诗创作的具体年份不可考证,但应在王维隐居于辋川别业之后,描写了渭水两岸农人悠然自在的生活情态。

　　王维的山水田园诗中经常描写农人、农事,他与农人有着不解之缘,某种程度上说,农人的生活状态也是他所向往的。

　　日暮时分,夕阳照进了宁静的村庄,牛羊沿着小巷归来。一位老人惦记着放牧未归的孩童,拄着拐杖在柴门前等候着。鸡鸣似乎在告诉人们麦苗即将抽穗,春蚕正眠,桑叶逐渐稀薄。农夫们劳作结束扛着锄头回到了村庄里,一路欢声笑语,十分美好。当诗人看到眼前这一派和谐宁静的画面时,十分

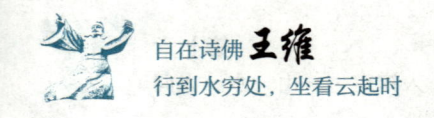

自在诗佛**王维**
行到水穷处，坐看云起时

羡慕农人的悠闲安逸，自己反而有点失落，便吟诵起了《式微》的章节。《诗经》中的《式微》表达的是归隐田园之意，王维吟诵此篇，正是希望早日归田，过上清净安逸的生活。

整首诗不加修饰，平铺直叙，但营造出来的画面细致入微，让人无比向往，这正是王维田园诗的艺术魅力所在。

早朝唱和，铸就诗坛美谈

乾元元年（758年）的春天，某日早朝后，中书舍人贾至有感而发，创作了一首赞颂早朝气象的七言律诗，王维、杜甫、岑参等人纷纷应和，一时间轰动朝野、诗坛，由此铸就了一桩美谈。

贾至所作之诗名为《早朝大明宫呈两省僚友》，诗曰：

> 银烛朝天紫陌长，禁城春色晓苍苍。
> 千条弱柳垂青琐，百啭流莺绕建章。
> 剑佩声随玉墀步，衣冠身惹御炉香。
> 共沐恩波凤池里，朝朝染翰侍君王。

这首诗中，贾至先是介绍了进宫早朝途中的所见所闻，再细致刻

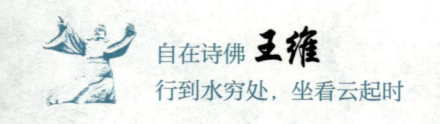

画大明宫外生机勃勃的春景，接着描写诸大臣觐见皇帝时的情景，最后说自己和同僚"共沐恩波"，必将"朝朝染翰侍君王"。

贾至创作的这首《早朝大明宫呈两省僚友》措辞工稳、富丽，激发了王维的灵感，他当即作《和贾舍人早朝大明宫之作》一诗应和：

> 绛帻鸡人送晓筹，尚衣方进翠云裘。
> 九天阊阖开宫殿，万国衣冠拜冕旒。
> 日色才临仙掌动，香烟欲傍衮龙浮。
> 朝罢须裁五色诏，佩声归向凤池头。

王维的这首诗注重细节描写，将大明宫早朝时庄严肃穆的气氛刻画得淋漓尽致。

当时任左拾遗的杜甫也作《奉和贾至舍人早朝大明宫》一诗应和：

> 五夜漏声催晓箭，九重春色醉仙桃。
> 旌旗日暖龙蛇动，宫殿风微燕雀高。
> 朝罢香烟携满袖，诗成珠玉在挥毫。
> 欲知世掌丝纶美，池上于今有凤毛。

此诗首联介绍皇宫里的醉人春色，颔联二句流传甚广，描写早朝时的盛大仪仗，颈联赞美贾至文才杰出，品性儒雅、风流，尾联延续上文，称颂贾家世代文采斐然，贾氏父子世代执掌帝王诏书，堪称无

第七章
入禅定·一山一水一人间

上荣光。

当时任右补阙的岑参也作《奉和中书贾至舍人早朝大明宫》一诗应和：

> 鸡鸣紫陌曙光寒，莺啭皇州春色阑。
> 金阙晓钟开万户，玉阶仙仗拥千官。
> 花迎剑佩星初落，柳拂旌旗露未干。
> 独有凤凰池上客，阳春一曲和皆难。

岑参创作的这首《奉和中书贾至舍人早朝大明宫》辞藻华丽，对仗工整，气势宏伟，其从皇宫春色开篇，写到百官上朝时的宏大场景，突出了盛唐的时代风貌。

王维、贾至、杜甫、岑参四人在当时乃至后世的诗坛上都有着广泛的影响力，他们能就同一个诗题进行创作，"同台竞技"，并各有发挥，分别写出了自己的诗作风格，引得人们纷纷传看、诵读、评论，这也成为当时的诗坛盛况。

后世诗论家也给予这几首诗以很高的评价。元代《诗法家数》中盛赞道："写意要闲雅，美丽清细，如王维、贾至诸公《早朝》之作，气格雄深，句意严整……"

明代《诗薮》中评道："王、岑二作俱神妙，间未易优劣。昔人谓王服色太多，余以它句犹可，至'冕旒''衮龙'之犯，断不能为辞。"

简而言之，这四首诗各具风采、各具特色，对后世诗歌创作影响深远。

193

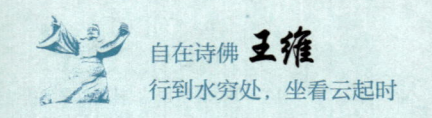

自在诗佛 **王维**
行到水穷处，坐看云起时

诗歌欣赏

和贾舍人早朝大明宫之作

王维

绛帻鸡人送晓筹，尚衣方进翠云裘。

九天阊阖开宫殿，万国衣冠拜冕旒。

日色才临仙掌动，香烟欲傍衮龙浮。

朝罢须裁五色诏，佩声归向凤池头。

赏析

　　这首诗用语堂皇、瑰丽，韵律和谐，极具艺术鉴赏价值。

　　首联描写"鸡人""尚衣"等宫中各部门各司其职，紧张忙碌却又有条不紊地为早朝做准备。此二句突出了大明宫早朝前庄严肃穆的氛围。

　　颔联、颈联详细描写百官早朝时的情形：高大宏伟如九重天门的宫殿大门层层打开，万国使节恭敬地朝见天子，初出的日光映照在大殿上，御炉中香烟袅袅升起，浮动在天子的龙袍周围。颔联全景刻画，颈联突出细节，两者结合，展现了大唐帝国威武、华贵的气势和帝王的尊贵。

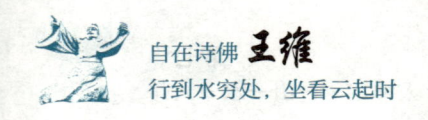

尾联介绍早朝后的情形：中书省的官员在早朝后退至凤凰池旁，用华美的五色纸去起草诏书。

此诗虽是和贾至的《早朝大明宫呈两省僚友》，但只和其意，不和其韵，全篇给人以华贵雍容之感，别具风采。

相交而忘年

王维待人真诚，一生交友广泛。在其晚年时，他与有着"大历十才子之冠"这一美誉的钱起交往甚密，酬唱频繁，这段忘年交为王维的晚年生活增添了一抹亮色。

钱起曾在蓝田当县尉，其与王维大约在天宝年间便已结下深厚的友谊。

某个春日夜里，王维与钱起把酒言欢，畅谈至深夜，当晚钱起宿在了王维住所的竹亭中，天亮才离去。

王维为钱起送行，并作下《春夜竹亭赠钱少府归蓝田》一诗纪念此事，诗曰：

夜静群动息，时闻隔林犬。

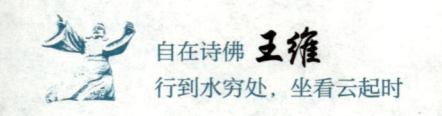

> 却忆山中时，人家涧西远。
> 羡君明发去，采蕨轻轩冕。

这首诗通篇弥漫着一股静谧的氛围，其动静结合的描写手法不禁令读者产生身临其境之感。诗中并未强调王维与钱起的友谊，却在细节描写中让人感受到真挚的情谊。

钱起亦作《酬王维春夜竹亭赠别》一诗回赠王维：

> 山月随客来，主人兴不浅。
> 今宵竹林下，谁觉花源远。
> 惆怅曙莺啼，孤云还绝巘。

大约在乾元二年（759年）春，王维送别钱起归蓝田，有感而发，作《送钱少府还蓝田》一诗表达对钱起离去的遗憾与依依不舍之情：

> 草色日向好，桃源人去稀。
> 手持平子赋，目送老莱衣。
> 每候山樱发，时同海燕归。
> 今年寒食酒，应是返柴扉。

钱起亦是感慨异常，回赠《晚归蓝田酬王维给事赠别》一诗：

第七章
入禅定·一山一水一人间

> 卑栖却得性，每与白云归。
> 徇禄仍怀橘，看山免采薇。
> 暮禽先去马，新月待开扉。
> 霄汉时回首，知音青琐闱。

诗中，钱起称王维为知音，足可见他对这位官场、诗坛前辈的尊敬与钦佩。

王维与钱起的这四首赠答诗将两人之间的真挚情谊展现在世人面前，令后人神往不已。

王维与钱起情谊深厚，亦师亦友。据说钱起曾向年长自己二十多岁的王维学诗，王维亦精心教导，倾囊相授。因此，钱起所作的山水田园诗在诗风、遣词用句等方面与王维十分相似。

自在诗佛 **王维**
行到水穷处,坐看云起时

诗歌欣赏

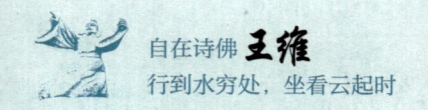

送钱少府还蓝田

王维

草色日向好,桃源人去稀。

手持平子赋,目送老莱衣。

每候山樱发,时同海燕归。

今年寒食酒,应是返柴扉。

赏析

此诗是一首送别诗，用语清丽，意境淡远，情感真挚。

一、二句描写春天的景色，诗人介绍道，此时春光正好，向桃源归隐的人也越来越少。

三、四句描写春秋时期的老莱子，古稀之年时穿着五彩衣模仿几岁小儿嬉闹、哭泣，以逗乐父母。此处诗人运用"老莱衣"的典故，用来解释钱起是为了尽孝道才回归蓝田的。

五、六句运用"简淡"、传神的笔触描述山野田园之乐。

末尾两句诗人感叹道：到了今年寒食节，诸位朋友聚在一起饮酒时，钱起恐怕无法赴宴了，表达了诗人对好友钱起的依依不舍之情。

禅意人生：诗中有画，画中有诗

王维的仕途并不算顺风顺水，在很长时间内所担任的官职都是比较低微的，然而王维的名气并不需要仕途来加持，他在诗歌、绘画领域的艺术成就早已让他无人不知、誉满天下。

王维的诗歌创作数量众多，风格多样，但最具代表性的当数他的边塞诗和山水田园诗。

王维边塞诗的最高成就主要集中于他在开元二十五年（737年）出使河西期间的创作，一向以文人形象示人的王维胸中同样有男儿的壮志豪情。而到了晚年，王维的山水田园诗创作达到了高峰，作品中描绘的意境唯美、空灵，又充满了禅意。

王维晚年的田园诗创作体现了他避世、遁世的人生态度。晚年的王维对官场失去了热情，因而半官半隐，常居住在辋川别业，遭逢安

史之乱后，更是心有余悸，所以消极避世，以求安稳，这在他的很多诗作中都有体现。比如《酬张少府》中所写的"晚年唯好静，万事不关心"，其实是他无力改变社会，所以将自己与世隔绝的生存智慧。其他大多数田园诗作，虽然没有明确表达出遁世思想，但诗中只表现田园景致，对于时事、政治则绝口不提，似乎整个社会的变化与自己无关，其实这也是他晚年避世、遁世的生活策略。

王维晚年的山水田园诗，创作上已臻化境，达到了诗画一体的艺术高度，给人以美的享受。王维的田园诗擅长调动感官体验为自己的诗作增添不一样的表达效果。在色彩方面，王维经常以最简洁的色彩表现最真实的场景，同时又让人耳目一新、拍案称奇。比如，他在《送邢桂州》中写道："日落江湖白，潮来天地青"。"白""青"二字俨然构成一幅水墨画，形容江水潮头映照天地的情形恰如其分，可见诗人的功力非同一般。王维还经常用动静结合的方式表现宁静和谐的氛围。动与静是相对的，又是相辅相成的，静谧的环境中如果偶然有一些声响不仅不会显得吵闹，反而更能突出宁静的氛围。比如《山居秋暝》中的"竹喧归浣女，莲动下渔舟"，虽然有动态的事物，读者却能明确感受到整体环境是静谧的，这种处理方式给人以形象的画面感，能让人产生强烈的共鸣。此外，王维的田园诗中充满了浓厚的生活气息，诗中所表现的生活场景真实自然、恬淡幽雅，一幅幅生活图景仿佛是从画中走出来的一般。比如，他在《终南山》中写道"欲投人处宿，隔水问樵夫"，简单的问路却让人感到无比贴近现实，平淡无奇的情景在诗人笔下却显得无限美好。

王维晚年的作品经常表达佛学观念，禅意十足。比如，他在《酬

第七章

入禅定·一山一水一人间

张少府》中对于穷通之理的回答"君问穷通理,渔歌入浦深"给人以高妙神秘之感,给人留下了无限的想象空间。又如他在思想发生重大转变时期创作的《终南别业》中写道"行到水穷处,坐看云起时",饱含了禅家佛理,同时又表明了自己今后的人生态度,充满豁然开朗的畅快。而《过香积寺》中"薄暮空潭曲,安禅制毒龙"的描写则正是作者持戒修禅的日常体现。

王维不仅是一位誉满天下的大诗人,同样是一位出色的大画家,他在山水画领域的艺术造诣在中国绘画史上有着举足轻重的地位。王维是"文人画"的开山鼻祖,并且开创了水墨山水画法,也称之为"破墨山水",仅以墨色的浓淡干湿来表现山水画面,具有划时代的历史意义。王维的绘画代表作品有《辋川图》《雪溪图》《江山雪意图》等,画技精湛、境界高妙,具有鲜明的艺术特色,王维的画作完全是为了悦己,他以一股清新之风表达了心灵所向往的境界。

王维在诗歌、绘画上都有极高的艺术成就,又是唯一一个能将诗作与绘画完美融合的艺术大家,就像宋代文豪苏东坡所评价的那样:"味摩诘之诗,诗中有画;观摩诘之画,画中有诗",这是后世对王维"诗画一体"艺术成就的最高评价了。

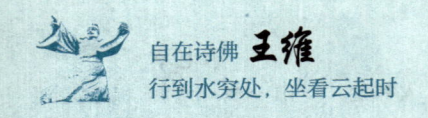

自在诗佛 王维
行到水穷处，坐看云起时

诗歌欣赏

鸟鸣涧

王维

人闲桂花落，夜静春山空。

月出惊山鸟，时鸣春涧中。

第七章
入禅定·一山一水一人间

赏析

这是一首典型的山水田园风格作品，整首诗非常简洁明快，仅仅二十个字就营造了一幅寂静的春山夜景图。

这首诗最大的特点就是用动态的鸟鸣衬托了寂静的山涧，让整个画面显得十分和谐美好。花落、山空、月出、惊鸟，诗人通过巧妙的构思营造了"鸟鸣山更幽"的绝美意境，让这首绝句成为经典之作。如此良辰美景能够展现在世人面前，最重要的原因还是在于"人闲"，这里的人正是诗人自己，一心追求清静无为的王维始终有一个丰富的精神世界。

忍别青山去，一代"诗佛"惜别人间

上元元年（760年）夏天，王维升迁为尚书右丞，这是一个正四品的官职，也是王维仕途生涯所担任的最高职位。王维也没有想到，自己一心追求隐退，到了晚年反而得到朝廷的重用。

王维的思想受儒释道诸家影响都很大，他长期处于矛盾的状态中，所以从未做到彻底归隐。相反当他有能力为国为民做一些事情时，又想报效国家，实现他的政治理想。但如今已经六十岁高龄，无论是身体上还是能力上所能做的都已经不太多了，所以王维对于这次升迁没有过多的欣喜。

王维在辋川别业思考着自己的余生，他将自己比作一个与人争席归来的老者，从此不再参与俗世的纷争，在这样的心情之下，他写下了一首《积雨辋川庄作》：

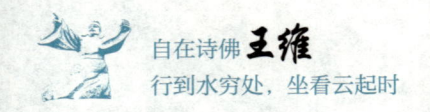

> 积雨空林烟火迟，蒸藜炊黍饷东菑。
> 漠漠水田飞白鹭，阴阴夏木啭黄鹂。
> 山中习静观朝槿，松下清斋折露葵。
> 野老与人争席罢，海鸥何事更相疑。

王维行走在辋川别业的山间，看到雨后的山林冒起了几缕炊烟，农人们将准备好的饭菜送到了田里。一望无际的水田上掠过几只悠然的白鹭，茂密的林间黄鹂鸟婉转啼叫。诗人自己修习之余静看木槿花开花谢，松林下采摘一些蔬食供自己清斋之用。诗人此时内心十分平和，已经将自己与俗世彻底分开，犹如一位毫无心机的野老，诗人化用了"鸥鹭忘机"的典故，意在表明自己内心清净无杂念，海鸥从此不必再怀疑自己存有心机了。

王维的这首诗，表面看是写了辋川别业的田园风景，实际上表明了准备彻底归隐的心迹。很快王维就接连上书皇帝，做出了自己生命旅程中最后三个重要决定。

首先，王维给唐肃宗上了一篇《请施庄为寺表》，其中提到自己多年前营建的辋川别业原本是为了持戒修禅之用，每每想到自己身陷敌营后来被皇帝宽宥，都觉得大恩无以为报，因此愿意将辋川别业捐出，将其改为一处寺院，可用作他人修禅参拜之所，这是他为大唐中兴所做的最后贡献了。唐肃宗原本是怜惜这位老臣的，不想让他做出如此大的牺牲，但王维一再坚持，最终唐肃宗恩准了他的请求。就这样，王维离开了居住了十多年的辋川别业，临行前写了一首《别辋川别业》，表达了对这座山庄的不舍：

第七章
入禅定·一山一水一人间

> 依迟动车马,惆怅出松萝。
> 忍别青山去,其如绿水何。

王维所做的第二件事情是交还自己的职田,请求将其用作救济灾民。他向皇帝上了一篇《请回前任司职田粟施贫人粥状》,文中慷慨陈词,忠君爱民之心,真诚可见:

右臣比见道路之上,冻馁之人,朝尚呻吟,暮填沟壑。陛下圣慈怜愍,煮公粥施之,顷年已来,多有全济。至仁之德,感动上天,故得年谷颇登,逆贼皆灭。报施之应,福祐昭然。臣前任中书舍人、给事中,两任职田,并合交纳,近奉恩敕,不许并请。望将一司职田,回与施粥之所,于国家不减数粒,在穷窘或得再生。庶以上福圣躬,永宏宝祚,仍望令刘晏分付所由讫,具数奏闻。如圣恩允许,请降墨敕。

皇帝同样恩准了王维提出的这一请求,对此王维也十分欣慰。他年轻时就曾有"动为苍生谋"的伟大志向,如今能得以实现,的确是一件平生快意之事。

王维所做的第三件事则是请求皇帝削除自己的一切官职,让自己回归田园,同时他举荐自己的弟弟王缙回京任职。他又向皇帝上了一篇《责躬荐弟表》,在这篇文章中他再一次向皇帝忏悔了当年身陷贼地未能杀身成仁的悔恨,并细说了王缙的各项才干,希望能够让他在

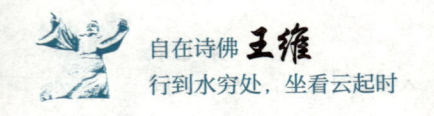

自在诗佛 王维
行到水穷处，坐看云起时

京城中担任要职，为国为民发挥才能。唐肃宗对于王维的请求全部恩准，王维为了表达对皇帝的感恩，还在上元二年（761年）的五月给皇帝上了谢表。

王维的三大心愿全部了结，再无其他牵挂。上元二年七月的一天，王维提笔给身在凤翔的弟弟王缙写了一封书信告别，同时又给亲朋好友写了好几封告别书信，信中"敦厉朋友奉佛修心"，书信写完之后便"舍笔而绝"。

一代"诗佛"王维安然离世了，就像一位高僧圆寂，无须俗世的繁文缛节。王维去世后被葬在了辋川别业的清源寺旁，这里山明水净，风景怡人，正是王维笔下诗作中所描绘的处所。王维一生事佛，他的诗作充满了佛家禅意，诗中描绘的境界明净空灵，所以后人尊他为"诗佛"。一代"诗佛"惜别人间，但他为国为民的高洁情怀以及登峰造极的艺术创作将会恒久地存活于人们的内心，生生不息。

诗歌欣赏

过香积寺

王维

不知香积寺,数里入云峰。

古木无人径,深山何处钟。

泉声咽危石,日色冷青松。

薄暮空潭曲,安禅制毒龙。

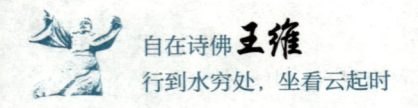

自在诗佛 **王维**
行到水穷处，坐看云起时

赏析

　　这首诗创作于王维闲居辋川别业期间，描写的是诗人探寻古刹时的所见所感，表现了古寺的幽深寂静和参悟禅理的高深意趣。

　　这首诗的开头先从远处入手，给人以神秘之感。诗的前四句写到诗人为了寻找香积寺，不小心误入云雾缭绕的山峰，似乎有些迷路了。行走在茂密的古木之间，人迹全无，正不知该向何处寻找，突然听到了深山里传来阵阵钟声。

　　颈联的两句描写堪称绝妙，泉水撞击石头发出幽咽之声，日光照进松林显得愈发清冷。

　　尾联中诗人到达香积寺前已是日暮时

第七章
入禅定·一山一水一人间

分，面对着幽静空阔的水潭，诗人想到了佛门高僧以法力制服毒龙的典故，于是自己也安下心神，抑制住自己内心的"毒龙"。最后这两句表现的是诗人内心的真实活动，诗人"晚年唯好静"，倾心佛法，想通过修禅持戒获得内心的安宁，探寻古寺，悟得禅机，正是作者所追求的佛学境界。

参考文献

[1] 傅德岷. 唐诗三百首鉴赏辞典 [M]. 武汉：湖北辞书出版社，2005.

[2] 霍丽婕. 王维 [M]. 北京：中华书局，2020.

[3] 墨三. 王维：倚风自笑觅禅音 [M]. 天津：天津人民出版社，2022.

[4] 金锋. 唐诗宋词元曲全集 [M]. 奎屯：伊犁人民出版社，2002.

[5] 林继中. 栖息在诗意中：王维小传 [M]. 保定：河北大学出版社，2000.

[6] 王志清. 纵横论王维（修订本）[M]. 济南：齐鲁书社，2008.

[7] 王志清. 王维诗传 [M]. 石家庄：河北人民出版社，2016.

[8] 夏葳. 释放自己，便生欢喜：王维传 [M]. 南京：江苏凤凰文艺出版社，2019.

[9] 张清华. 王维传[M]. 北京：民主与建设出版社，2023.

[10] 赵焰. 王维：空山不见人[M]. 北京：华文出版社，2023.

[11] 哲夫. 辋川烟云：王维传[M]. 北京：作家出版社，2020.

[12] 周振甫. 唐诗宋词元曲全集[M]. 合肥：黄山书社，1998.